陕西出版资金资助项目

陕 西 茶 文 化 丛 书

人在草木间

王国龙　著

西安电子科技大学出版社

图书在版编目（CIP）数据

人在草木间 / 王国龙著 . — 西安：西安电子科技大学出版社，2016.7（2017.2 重印）
ISBN 978-7-5606-4090-7

Ⅰ.①人… Ⅱ.①王… Ⅲ.①诗集—中国—当代 Ⅳ.① I227

中国版本图书馆 CIP 数据核字（2016）第 153576 号

策划编辑 邵汉平 高维岳
责任编辑 邵汉平
责任校对 王 昱
出版发行 西安电子科技大学出版社（西安市太白南路 2 号）
电 话 （029）88242885 88201467 邮 编 710071
网 址 www.xduph.com 电子邮箱 xdupfxb001@163.com
经 销 新华书店
印刷单位 陕西华沐印务科技有限公司
版 次 2016 年 7 月第 1 版 2017 年 2 月第 2 次印刷
开 本 710 毫米 × 1000 毫米 1/16 印 张 18.75
字 数 150 千字
印 数 5001 ～ 10000 册
定 价 39.00 元

ISBN 978-7-5606-4090-7/I

XDUP 4382001-2

＊＊＊＊＊ 如有印装问题可调换 ＊＊＊＊＊

【品茗论诗话茶缘】

——序诗集《人在草木间》

　　小时候猜过一个谜语，谜面是"人在草木间"，谜底是一个字——"茶"。

　　眼前这部名为《人在草木间》的诗集，一看名字就可以想到，这是一部关于茶的诗集。诗集中的诗歌都和茶相关，可以称为"茶诗"。其实也可以反过来讲，就是这些关于茶的诗都像是诗中的茶，氤氲着茶的韵味和幽香，像茶一样耐人品鉴，助人雅兴，是地地道道的"诗茶"。

　　我们兄弟二人都是文化人，也都喜欢喝茶。这样一部关于茶的诗集，对我们自然是格外具有吸引力。更加上这部诗集的作者王国龙先生，也是我们兄弟共同的朋友，所以，细细阅读这部"茶诗"，慢慢品味这些"诗茶"，不亦快哉。

　　读罢诗集，发表一点读后感自然是义不容辞。要就这些"茶诗"（或"诗茶"）说长道短，那肯定既要说诗，更得说茶。我们兄弟中，说茶是子雍的所长，其不但嗜茶，而且收藏紫砂茶壶，更是陕西茶人联谊会的资深顾问，多年以来，结交茶友，并写过许许多多关于茶的文章。在陕西茶人联谊会成立十周年庆典上，子雍曾经把自己即兴撰写的一副对联赠送给联谊会："饮李白一斗酒笔底诗情骤起；喝卢仝七碗茶腋下清风徐来"。其中有茶、有诗、更有酒，其情可鉴。子秦更多从事和诗歌相关的事情，年轻时专门写诗，退休之后，还在陕西省诗词学会任职。两人一块写这篇文章，说茶说诗，也算是相得益彰，于是欣然为之，举笔成文，求正于诗人和行家里手。

中国是一个茶的国度，关于茶，子雍曾经写道：在历史上被尊为茶圣的唐人陆羽，在他的传世著作《茶经》中有云："茶者，南方之嘉木也，一尺、二尺乃数十尺，其巴山、峡川有两人合抱者……"经过上千年里一次又一次的冬去春来、花开花落，茶这么一种植物，在北纬30度左右一个贯通中国东西的所谓产茶黄金地带的神秘区域里，呈现出了蓬勃的生机……

中国又是一个诗的国度，从《诗经》到唐诗宋词，创造了诗歌的历史辉煌。而自古以来，中国的茶和诗，就结下了不解之缘。据统计，在《诗经》之中，就有七首诗写到了茶。需要说明的是，这时，茶还只是诗中的一种草木之名。真正的咏茶诗，则出现在魏晋南北朝时期，到唐宋时达到全盛。品茶抒情，寄情于茶的诗句千古流传，成为茶中之诗魂、诗中之茶韵。历代诗人如白居易、苏轼、陆游、杨万里等等都是"茶诗"大家。历代的咏茶诗词，有如中华文学宝库中的一片永远散发着清幽芬芳的绿色茶苑。

多年来，王国龙先生辛勤耕耘于"茶诗"这一特殊的领域，把属于自己的一片"茶诗"园地打理得郁郁葱葱，精心奉献出这些茶香浓郁、回味悠长的精美"诗茶"。这部《人在草木间》诗集，就是对中华茶诗悠久传统的延续和弘扬，也是对古老的茶文化的一种再造和升华，更是对陕西乃至中国"茶诗"的一份重要贡献。

曾经有人说道，近代以来，以茶入诗者已经很少，广泛流传的佳句更为少见，大家熟知的也不过像毛泽东的"饮茶粤海未能忘"、赵朴初的"七碗受至味，一壶得真趣，空持百千偈，不如吃茶去"、周作人的"请到寒舍喝苦茶"等等。全国如此，陕西的茶诗写作更是十分稀缺，更说不上有人专门去从事茶诗的写作了。

而王国龙诗家多年来以诗咏茶，以诗寄情，一下子推出了如此众多的茶诗，不能不说是诗坛的一大幸事。在这些茶诗之中，氤氲着龙井的清香、普洱的醇厚、乌龙的浓郁以及台湾高山茶的风格别具；就题材广度而言，诗人对茶的咏颂覆盖全国各地之名茶，显示出诗家深厚的茶文化底蕴；就诗情诗意而言，这些诗中茶、诗、情浑然一体，自然交融。特别是诗家以现今时代的目光，把对茶的关注投向世界，把国外的名茶也纳入了"茶诗"的范围，极大地扩展了茶诗的范畴和领域，诗人还把现代人的情感和意识注入茶诗，给茶诗赋予了新的生机与活力，形成了自成一家的茶诗新风采。

陕茶是中华茶坛的一个重要品牌。子雍曾写道：就拿我们陕西来说吧，这个整体上地处中国北方的省份，也有一大块土地是在秦岭以南，位于北纬30度左右那个神秘的产茶黄金区域里。在陕南的安康、汉中等地区，生产优质茶叶的历史都非常悠久，只是由于在品牌包装和营销等方面的明显劣势，长时间里一直处于"养在深闺人未识"的状态。改革开放以后,这种状况开始转变,绿茶类的紫阳富硒茶和汉中仙毫,都已经在茶叶市场上崭露头角、广受好评。

王国龙诗家关于陕茶的诗作,可以说就是一张陕茶诗体的亮丽名片。在他的诗歌中,陕西传统的名茶如午子仙毫、宁强雀舌等一应俱全,更有汉中仙毫、商南泉茗、安康富硒茶等新名牌。甚至对于陕西出品的苦荞茶、太白药王茶等非正宗的"茶",也给予倾情咏颂。而对于陕西传统的茯茶,王国龙更是长歌短吟不遗余力。

茯砖茶是陕西茶商发明的一种茶叶加工产品,已有600余年的历史,是西北、西南少数民族长期以来重要的生活必需品,历史上生产的原料都来自湖南益阳,茶叶采摘下来以后,用马和骡子运到咸阳,在泾河一带加工。天时、地利、人和汇聚在一起,使茯茶走向了全国、走向了世界。对此,子雍也曾写到过:(陕西)还有一种有着600多年历史,却在1958年被人为中断生产,近年又重出江湖的属于黑茶类的泾渭茯茶,也已经在省内、省外开始形成气候,呈现出令人欣喜的上升态势。

王国龙诗家曾为陕西茯茶写下了一系列美好的诗作,如:《茯茶泾阳行》《共荐丝路茯茶》《古道茶香》《官茶吟》《泾阳茯砖》《砖茶古风吟》等众多的诗作。这些诗作从不同的角度,追忆了茯茶的悠久历史,记述了茯茶的制作工艺,吟咏了茯茶的醇厚茶香,抒发了诗人对茯茶一往情深的情怀。

《人在草木间》的诗章,围绕着茶的主题,咏古颂今,内容丰富,语言凝练,诗意隽永,这样成规模形态出现的茶诗新作,在陕西自然是第一家,填补了陕西在茶诗方面的空白,在全国也十分少见。所以让我们这些既爱茶又爱诗的文化人，分外为之高兴。

下面应该给大家介绍的就是诗集的作者王国龙先生。王国龙不是专业的诗人，而是一位公职人员，出身军旅，之后从政。但王国龙诗家对茶文化情有独钟，对于中国古典诗歌更是精心研习，悉心领悟。在诗歌艺术上，王国龙先生有很深的素养和造诣，他不仅熟练掌握了诗歌的格律对仗等基本技巧，更能注重诗意的提炼和诗情的抒发，写来自然得心应手，佳作连连。除了这些关于茶的诗作，他还写出了许多优秀的诗章。在商子秦主编的《西安城墙》一书的《文化卷》中，就曾收入过他写的关于西安城墙的诗作，受到行家好评，成为了一位专家型的领导和名副其实的诗人。

在这本《人在草木间》的诗集中，我们更感到了作为领导的王国龙诗家，在弘扬陕西茶文化、发展陕茶事业方面独有的一份责任和担承，他把自己的茶诗和陕茶的宣传、推广密切联系，用诗歌为陕西茶业走进香港、走向世界广而告之，实在是功德无量。

子雍曾在《茶缘》一文中，写到过和王国龙先生的"茶缘"，这种缘分竟然也和诗有关。文中写道，在一次会议上，"王国龙先生的发言得当、凝练，可以说是无懈可击。但万万没想到的是，他竟然以朗诵自己一首题为《药王茶》的诗作，颇为浪漫、相当文化地收束了发言。这让也来参加会议并做了精彩发言的陕西省作家协会党组书记雷涛先生兴奋不已，他立即表示要在《陕西文学界》上发表这首《药王茶》。而我写下上述文字，不过是向读者诸君介绍一下王国龙先生大作的发表背景，并借此强化我们之间的那点儿茶缘。"

　　人在草木间，意在诗境中，人因茶结缘，心因诗相通。饮茶得福，健康身体；读诗怡情，愉悦心智。让我们一起同享幸福生活、美好人生，这就是我们对有幸读到这本诗集的朋友们的衷心祝福。

商子雍　商子秦

人在草木间

【目 录】

第一篇 秦巴仙茗

第二篇　关中古韵

第三篇　山乡茶语

第四篇　茶海撷英

第一篇

秦巴仙茗

汉唐扶桑茶和缘

天街润色汉家厨，学做神仙把茗壶。①
回味三年话秦晋，飘香万里入经途。
奈良诚信鉴真路，兴庆立碑晁衡株。②
平淡不惊一杯水，深浅意会满堂夫。
往来浊浪多艰险，出没华庭拜帝都。
对月当歌遣唐使，品茶论道故乡儒。
已成交恶无灵药，又动闲心像鬼奴。③
谁借金州嘉树种，君栽高地阅山呼。④
千帆侧过东邻岸，天下和顺四海铺。
笼影风流凭口福，传承晾晒念罗敷。⑤

注释：

① 天街：出自于唐代诗人韩愈《早春呈水部张十八员外》诗。
天街，喻唐长安城，现指西安市。

② 奈良：日本奈良市。鉴真：唐代僧人，先后六次东渡日本，
只在第六次东渡成功，至当时的平城京，即今天的奈良市。兴庆：
此指西安兴庆公园，唐时的御花园兴庆宫。晁衡：此指遣唐使阿倍

仲麻吕，在西安兴庆宫立有他的玉石纪念碑。

③ 此句是说当前安倍政府不仅不承认二战的侵略史，更拿钓鱼岛跟中国说事，破坏两国人民来之不易的友谊。

④ 金州：此指陆羽《茶经》所指金州，今天的陕西省安康市。嘉树：即茶树。

⑤ 筅：古代做茶工具之一。罗敷：此指汉乐府民歌《陌上桑》中的主人公，此喻茶与采桑女秦罗敷一样美好。

和商老师《茶缘》①

轻风明月入茶汤，片片飘然阡陌香。
愚弟高山思陆羽，尊师雅室话金刚。②
一杯谷雨氤氲色，三月阳春杜宇忙。
祈盼温馨家贵好，聆听松鹤阅兰芳。

注释：

① 商老师：此指陕西文化大师、著名学者、杂文家商子雍先生。因与笔者同时参加了几次由陕西茶人联谊会举办的茶人活动而结缘，并在《陕西文学》杂志上发表《茶缘》一文说了我俩的茶缘。深受笔者的尊敬和爱戴，是一位德高望重的长者和良师益友。

② 陆羽：（733年—804年），字鸿渐，复州竟陵（今湖北省天门市）人，唐代著名的茶学专家。他一生嗜茶，精于茶道，以著世界第一部茶叶专著——《茶经》而闻名于世，对中国和世界茶业发展做出了卓越贡献，被誉为"茶仙"，尊为"茶圣"，祀为"茶神"。

陕 茶

炎帝不知茶是茶，扬汤落叶试鸡鸭。
终南草木灵芝树，渭北桃李药圣家。
七件开门日常事，一壶碧水少年华。
半坡炉火蓝田谷，雁塔讲经西市夸。

注释：

　　眼下各地都在说自己是贡茶的故乡，是茶的发源地，茶故事一
箩筐，茶马古道的演义如雨后春笋，不断涌来。但许多的历史记载
和事实是不容争辩的。半坡遗址上的粮仓、火盆和炉灶依然展现着
中华祖先的英明和足迹；大唐西市的繁荣在异国他乡成了神话般的
传说；孙思邈的药道在中国古老郎中的传递下，今天还在很多地
方发挥着神奇的功效；"秦岭山中无闲草"充分地说明了炎帝日
遇七十二毒得茶而治的科学依据。这些纷纷扬扬关于茶的事情，
时常成为一种梦境展现出来，足以展示陕西这块土地悠久沧桑的
历史。翻开五千年中华文明史，有多少大事发生在这里，难以计
数。陕茶是一个笼统的称谓，在陕西老人尤其是关中道的老乡那
里，陕茶指的是老青茶，味苦艰涩，然耐泡耐煮，解渴过瘾，其
年代也最久远。

和勇敢紫砂有乾坤①

一睹尊容止渴风，精华古朴老壶功。
段泥炉火心经在，涵紫岩崖佛手空。
四百珍藏明月路，三千跋涉皖江鸿。
宁强绿翠山茶树，异域耕耘牧笛童。②

注释：

① 勇敢：茶文化爱好者，陕西山利科技有限公司总经理张勇敢先生，笔者好友。紫砂：此指江苏宜兴紫砂茶壶。

② 宁强：指陕西宁强县，勇敢在此种茶，令人敬佩。

贺东裕茗茶获巴拿马金奖^①

东来紫气聚朗庭，为国摘金汉水灵。^②

峪后千嶂富民好，光前百姓数家青。^③

仙毫独立秦巴地，法佬寻根陆圣经。^④

偶遇茶农说故事，几杯谷雨夏温馨。

注释：

① 东裕茗茶的"東"牌汉中仙毫荣获"第31届巴拿马国际博览会"唯一绿茶类金奖。

② 朗庭：东裕茗茶在西安曲江新区的品牌店。为国：该公司老总张为国先生。

③ 家青：此指陕西秦岭炒青茶。

④ 法佬：张为国介绍此人为法国一品茶师。陆圣：即《茶经》的作者陆羽。

贺汉中仙毫获巴拿马金奖

他乡捷报把仙邀，灯火阑珊品茗聊。

异国擂台斗茶会，故乡集社话春宵。①

铁沙练掌壶中立，硒土养身树上条。

自古梁州佳木秀，云烟深处鸟声娇。②

注释：

① 异国：此指巴拿马。擂台斗茶：此指在巴拿马举办的国际茶叶大赛。

② 梁州：此指唐朝陆羽《茶经》中的梁州，即今天陕西省汉中市。

◀ 话说硒茶 ▶

巴山福地数安康，相守硒峰品紫阳。

土贡银针道幽远，自营岩宝路明畅。①

仙毫莹露清泉溢，毛竹高扬圣洁章。②

阡陌耕耘新苗壮，金州故里话沧桑。③

注释：

① 土贡：古代向朝廷进贡的一种方式。

② 毛竹：安康知名巴山文化女作家。

③ 金州：即今天的陕西省安康市。

寄第九届陕西茶人联谊会①

风流山城紫阳人，朝暮艰辛蜀汉秦。②
雨后毛尖诗酒醉，明前雀舌读清晨。
长安过客一杯好，金桥宏图此段真。③
情系汉江山富水，应知两岸望新春。

注释：

① 陕西茶人联谊会是在中国茶人联谊会陕西分会基础上，重新发起并经陕西省民政厅批准设立的社会中介组织。法人韩星海先生是国内知名的茶文化、茶艺学、茶馆学专家，新闻工作者和社会活动家。其关于茶文化方面的著作已出版十余本。担任会长以来，他热心从事茶人、茶事和茶文化各项活动，深受广大茶农、茶商、茶亲们的欢迎和拥戴。尤其在陕西的汉中、安康、商洛及西安、咸阳等地茶界有相当高的知名度。

② 山城紫阳是指安康市紫阳县，实属风流之埠。紫阳真人，即道教南宗初祖张伯端，字平叔，号紫阳山人，尊为"紫阳真人"。他在此悟道养身。山城紫阳曾经是茶马古道的重要驿站，繁华无比，星月灯火，市井蔚然，会馆云集，商旅忙碌。早有贡茶，规模更列他地之上。

③ 金桥：此指西安市西北二路的金桥酒店。

老陕青砖茶①

浓缩千古夏秋茶，独立秦巴第一芽。
老陕吼声真嘹亮，少华放影展烟霞。②
扎夯厚重包容日，横竖清香平淡家。③
汉水悠悠丝路雨，泾阳楚楚动人花。④

注释：

① 老陕：此指陕西人。青砖茶：即砖茶的一种形式。

② 少华：此指陕西省渭南市境内的少华山。

③ 扎夯：此指做砖茶的特点是结实。

④ 泾阳：此指陕西省泾阳县，这里虽然不产茶，但所做砖茶却

闻名于世。

新茶韵

茶人相聚洒金桥，新政老腔商议肴。①
自古长安多盛事，眼前风景醉小腰。
师生共渡清明谷，关检同歌异域箫。②
汉水之春红绿叶，秦砖丝路再逍遥。③

注释：

① 洒金桥：西安市一地名。

② 关检：此指海关与出入境检验检疫部门，茶叶进出口都必须经过海关与检验检疫部门的相关程序才能放行。

③ 汉水之春：此指陕西省汉中市"汉水之春"茶品牌。

梦幻绿山茶

玉兰初待达巴山，梦境早出函谷关。①
爱看清明扬谷雨，更思蒙顶恋台湾。②
云峰大足三千里，汉水慢吟不一般。③
绿野追踪霸王势，茅屋守岭九州还。

注释：

① 巴山：此指秦岭以南巴蜀一带。函谷关：老子著述《道德经》处，在今河南灵宝北王垛村，素有"一夫当关，万夫莫开"之说。

② 清明、谷雨：此指我国农历春茶期间的两节气。蒙顶：此指四川省雅安市境内盛产茶叶的名山。

③ 大足：此指重庆市大足县，产"大足松茗茶"、"石刻三茗茶"和"宝顶苦丁茶"等茶。汉水：此指陕西省汉中与安康地区，赋有"巴山蜀水万千茶"佳话。

闽秦红叶

紫阳硒谷泡新茶，把话闽秦是客家。①
四季渥堆三亩叶，千金执掌二枝花。②
黄昏红润甘回顶，旭日潮声气越霞。
山野清泉动听鸟，西窗竹影问春芽。

注释：

①紫阳：此指陕西省安康市紫阳县，盛产富硒茶。客家：紫阳闽秦茶业有限公司老板，祖籍福建。

②渥堆：是发酵茶叶的一种方法。二枝花：此指该公司负责具体业务的是老板的两个女儿。

癸巳仲秋茶（组诗）

一

广运星稀月照秦，汉家饼饼款乡邻。①
半坡灞柳东风舞，卫寨沣河古渡巡。②

二

太白巅峰挂玉轮，陶家种菊做山邻。③
重阳回望长安路，细雨蒙蒙米酒醇。

三

择路绕行车舞尘，含光门里数圆轮。④
抬头明月温情意，急煞三秦渭北人。⑤

四

灶前口水解梅春，梨模饼糍出月轮。
桂花树下蝈蝈叫，必让锅香馋我唇。

五

经年饼饼满山轮，欲哭无声问旧春。
嫦娥可降城楼上，奉送天宫脱瘦身。

六

朦胧毛雨月遮云，狭路行车左右军。

帝国秦人圆梦日，唐都何地好耕耘。⑥

七

汉城湖上月漫行，碧水分舟鸟唱鸣。⑦

武帝巍峨万家福，阿房宫外亮晶晶。⑧

八

三天忙碌渡清闲，徒步深山看月颜。

宠爱乡音茶粗饭，倾听鸟语入林间。

注释：

① 广运：西安市东郊广运潭，唐朝时期古长安城水上主要交通枢纽，广运潭即为当时的漕运码头。

② 半坡：西安市灞桥区半坡村，建有著名的半坡遗址博物馆。灞柳：此指长安八景中的灞柳飞絮。沣河：此指西安西南的沣河，也为八水绕长安之一。

③ 太白：秦岭主峰之一的太白山。陶家：此指东晋末至南朝宋初时期田园派诗创始人陶渊明，归隐于今天的江西九江市浔阳区柴桑村，也称五柳先生。留有"采菊东篱下，悠然见南山"等大量著名诗句。

④ 含光门：西安市明城墙城门之一。

⑤三秦：陕西统称。渭北：指渭河以北地区。

⑥秦人：即陕西人。唐都：即指古长安，今西安市。

⑦汉城湖：在今西安市城北，恢复性水利工程。

⑧阿房宫：秦始皇时期所建宫殿，后传说被西楚霸王项羽烧毁。

泉 茗

孛生碧绿入山春，化蝶周公一野人。[1]
苑里垄耕闲踏步，林中飞舞乱收珍。
凉亭鱼目炉香远，翠谷泉眼潭影亲。[2]
学作樵夫担柴去，需修汗脚苦茶心。

注释：

[1] 化蝶周公：此指"周公化蝶"典故。

[2] 鱼目：唐宋时期人把煮茶时壶中的水泡称做鱼目。

雀舌吟

东西小调奏鸣春，雨渡新黄嫩绿纯。
青笋下山乱飞燕，金花入口醉游绅。①
句容精培梁州府，汉水臻研吴国人。②
旭日垄湾播碧翠，黄昏炉灶咏星辰。

注释：

① 金花：此指菊花。

② 句容：江苏省句容市。梁州：陆羽《茶经》中所指，今天的汉中地区。汉水：为长江支流汉中、安康段。吴国：古代江南小国，今江苏一带。

陕茶大使韩星海[1]

笔耕云语厚文章，杯水清心念故乡。[2]

雨露巴山勤跋涉，寒霜两地简行囊。[3]

蓄积万亩氤氲势，凝聚千家智慧强。

独树秦枝增荟萃，一腔热血赴朝阳。

注释：

① 韩星海：陕西茶人联谊会会长，陕西扶风人，茶文化专家、知名传媒人、作家。

② 此句指韩星海关于茶文化的著作已经出版十本以上。

③ 巴山：此指秦岭以南地区。

陕茶进港①

秦岭碧翠绿坡长，子午两家茶更香。②
硒谷龙须长寿草，丽泉仙树健身枪。③
咸阳古渡黑砖紧，灞柳瑶池皇妹忙。④
呈敬腊梅银太白，港人不醉自芬芳。⑤

注释：

①陕茶进港：指陕西省茶叶企业赴香港参加国际茶叶博览会。

②子午两家：子午，指南北，子为正北，午为正南。子午两家是说秦岭南北茶叶与保健品相关企业。

③硒谷：汉中、安康之地。龙须：即为龙须草。枪：此指茶叶立于杯中之形。

④咸阳古渡：古长安八景之一。黑砖：是指泾阳所产茯砖茶。灞柳：即指古长安八景之一的灞柳飞絮。

⑤腊梅银太白：在太白山所生长的金、银腊梅树，已经生产成保健饮品药王茶。

陕茶南下咏

北国商城南国茶，乌龙一席茉莉花。①
观音站在高端处，龙井昂扬万众家。②
粤海扬帆汉江绿，临安倒影金州霞。③
闽秦三泡琼浆液，泾渭分明古道芽。④

注释：

① 北国：指黄河以北大小城市。乌龙：即乌龙茶。

② 观音：即铁观音茶。龙井：即龙井茶。

③ 粤海：泛指广东地区。汉江：秦岭以南长江支流。临安：即今天的杭州市。金州：此指陕西省安康市，古称金州。汉江和金州盛产茶叶，久负盛名。

④ 闽秦：此指福建商人在陕西经商的公司名。泾渭：即陕西境内的泾河和渭河。

陕 青①

我等粗枝大叶茶，讲究洛水看汤花。②
铁锅揉捻云蒸气，土灶盘根火烈霞。③
三百少年九峰木，一包"公主"二两芽。④
老秦硬倔赳赳势，苦涩真知巴蜀家。⑤

注释：

①陕青：是对陕西绿茶的统称，8世纪时陆羽的《茶经》中已有对陕青的记载。主要产于陕西南部的紫阳、岚皋、平利、西乡等10多个县区，是我国主要茶叶产区之一。

②洛水：陕西商洛的洛河，水源来自于秦岭山脉，溪泉汇集而成。

③铁锅、土灶：此指过去制茶原始工艺程序，既考验火候，又考验手工揉捻技术。

④公主：过去陕西曾经出产的香烟品牌。

⑤老秦：泛指成年的陕西人。苦涩：既指老陕西人喜欢的老陕青茶先苦涩后甘醇，又喻种茶人的艰辛。

商洛春茶芽珍鲜①

商南丽水故茗泉，造字先生礼乐川。②

江上行舟炉上火，山中留客碗盛仙。

云雾雀舌勤耕作，雨露银梭紧弄弦。③

规整方圆行碧水，亲领万户辟荒田。④

注释：

① 商洛：即陕西省商洛市，与河南省接壤。

② 商南：此指商洛市的商南县，位于陕西省的最东部。造字先生：此指我国的文字发明人仓颉，传说他曾在商洛一带生活过。

③ 雀舌、银梭：此皆指茶叶。

④ 此句意为秦国商鞅立木取信后，秦王曾向他封地于商洛一带。

商南品老茶①

秦东佳茗八山田，暂借丹江名水煎。②
磅礴丘陵页岩苦，初春古树嫩枝鲜。
离壶探月轻寒夜，藏柳啼莺绝胜烟。
青石传来寂寥步，浓香叩送九重天。③

注释：

① 商南：陕西省最东边的一个县，属于商洛市，素有"八山一水一分田"之说，是茶叶生长的理想环境。老茶：此指商南因其纬度较北，收春茶晚于南方。

② 秦东：商南县。丹江：属于长江第二支流，经过商南县汪家店乡月亮湾流出陕境。《煎茶记》称丹江为"天下名水"。

③ 青石句：意喻现在茶农种茶不挣钱，所以传来脚步是寂寥的，人烟稀少，味浓、香高、回甘、耐泡的商南茶只能希望老天赐福和恩惠了。

商山问茶[1]

轻盈直上半天空，不问商鞅问短工。[2]
野刺梨香茶苑渗，槐花饭好舌尖融。
舞龙走虎交三界，鸣雀飞蛾异地同。[3]
亲口嚼尝青涩叶，才知深夜绿蒸红。

注释：

① 商山：位于陕西省丹凤县丹江南岸，笔者问茶处位于商山之
南的商南县。

② 问短工：此指询问采茶零工一天的工钱涨到多少。

③ 交三界：此指商南县许多茶园处于鄂、豫、陕三省交界处。

神农茶①

姜塬飘落帝王茶，解毒丛生秦岭家。②

药圣追师驱百病，神医问道破千邪。③

传承一树黎民福，启迪万亩仙境花。④

遍踏青山觅根处，三湘四水尽奇葩。⑤

注释:

① 神农：此指炎帝。

② 姜塬：陕西省宝鸡市一带。此两句指神农炎帝尝百草七十二毒遇秦岭落叶嚼而得生。

③ 药圣：指孙思邈。师：指炎帝。神医：指华佗。

④ 一树：此指茶树。万亩：此指茶园。

⑤ 三湘四水：此指漓湘、潇湘、蒸湘三湘和湘江、资江、沅江与澧水四水。

探春茶

谷鸣雀舌口中鲜，自去商山探宅田。

雪浴群峰萌劲草，风吹云雾动禅莲。

不知雨水三寻后，可会寒霜再上前。

一片雏芽荷翠碧，满心祈盼好茶年。

注释：

　　春寒料峭时节来到商山探望春茶是由心底里的惬意和萌动催促而行的。商山在电视剧《大秦帝国》播出后，知名度指数节节上升。这里是秦统一六国的主战场之一；是秦商鞅变法成功，秦孝公为商鞅封地处；这里还存有仓颉造字的古遗迹。当然这里更是商山洛水有名的旅游胜地，其商山又呈"商"字型展开，又为营商、经商及商人等商务之"商"，故对商山有特别之情、之感。来此探茶，也是探春，也是探山，感受商山洛水之风情。

题午子绿茶①

巴山蜀水育奇葩，朝伴精灵暮揉芽。

妙手青衣织仙境，银枪碧剑出闫家。②

舍得浓装红绫艳，换来淡雅绿无瑕。

羽扇息邀东风雨，捃香望远采新花。③

注释：

① 此指陕西省午子绿茶有限公司生产的午子绿茶。

② 银枪：此指茶在杯中泡开的造型。闫家：此指陕西省午子绿茶有限公司董事长闫战利先生。

③ 羽扇：此代指诸葛亮。在汉中勉县流传着关于诸葛亮邀羌族首领在"煎茶岭"喝茶归降，以及喝茶治疾的"诸葛亮祭茶"和携杖治乱安民而感叹人生抱负的"手杖生根"等故事传说。

为陕西茶人联谊会十周年庆典而作

十年劳作百年茶，月照秦人雾笼纱。

谷雨山珍新汉水，明清闹市旧人夸。

定军茗眉卧龙醉，午子仙毫紫阳花。①

苦乐耕耘巴山绿，往来一壶上"韩家"②。

注释：

① 定军茗眉：陕南勉县卧龙茶业公司出产的定军茗眉茶品。午子仙毫：陕西午子绿茶公司出产的午子仙毫名茶。紫阳：陕南著名茶乡紫阳县出产的紫阳富硒茶。

② 韩家：此指陕西茶人联谊会会长、茶文化学科带头人韩星海。

我听云龙唱山歌①

龙哥蜀调唱山歌，声赞秦巴情赞婆。
忙碌茶乡寒暑叶，辛劳禾谷紫阳坡。②
春来解渴枇杷露，夏去光临汉水荷。
你过金桥呼小妹，我抬月足去蹉跎。③

注释：

① 云龙：此指安康市著名茶人李云龙先生。山歌：此指由安康市作家李春平创作的中篇小说，并由章明执导的故事片《郎在对门唱山歌》的主题歌。

② 紫阳：此指安康市紫阳县的紫阳富硒茶，因富含硒元素而闻名于世。早在汉朝以前紫阳茶叶已经成为皇家贡茶，也是当今有名的高山保健养生茶，为全国著名品牌。

③ 金桥：此指西安市西北二路金桥酒店（陕西茶人联谊会会址所在）。小妹：此为"山歌"中的紫阳采茶妹。

我欲斗茶立香江①

展场布局擂台央，各路茶商自美香。

闲在山中呼雀舌，苦行秦峪种宁强。②

圣言嘉木金州立，汉水人家泾渭藏。③

短剑长枪相对峙，莫将三伏比寒霜。④

注释：

① 斗茶：是由我国汉朝以后在茶叶界通过炒、煮、品等环节来决出名次的一种比赛形式。香江：此指香港。2010年陕西茶企第一次参加由香港贸易发展局组织的国际茶叶博览会。会上有很多香港及东南亚的茶商和茶行业中介机构的代表都不知道陕西出茶，更有甚者不知道陕西在哪里！笔者突感意外，顿生通过斗茶而立名香港之意。

② 此句中雀舌指茶名；宁强指汉中市宁强县，盛产茶叶。

③ 此句中嘉木和金州是指陆羽《茶经》中的南有嘉木即茶树，金州为今天的安康市。泾渭：此指陕西咸阳泾渭茯茶公司生产的"泾渭茯茶"。

④ 此句中短剑长枪是指茶在杯中的造型。三伏：此意为茯茶一般都是在三伏天生产，其季节性强、要求高，因其发酵需要不可随意改变。

卧龙茗韵（二首）①

一

伴菊花开春上香，小河茗翠下吴江。

定军山月涧溪杖，孔庙岭峰啜卧房。②

云雀青睐硒圣树，文鹃倍感意禅妆。③

殊荣一次琼浆液，可探卧龙玄妙方。

二

年生谷雨润汉中，月朗清明照刘宫。④

翠竹银松茶生媚，青仙玉石水担功。

嫩芽一片溯悠远，巧手两只惠心融。

燃起高香盈客入，举杯祭庆卧龙公。

注释：

① 此指陕西汉中茶叶品牌"卧龙茗"。

② 此句是说卧龙茶都与诸葛孔明有关。定军山是诸葛亮在此喝茶收降、祭茶与手杖生根之宝地，此句喻圣人相助必出好茶之意。

③ 圣树：指茶树。

④ 刘宫：意为蜀汉王刘备在汉中的行宫。

雾里茶乡（四首）

一

经年谋得女娲乡，雾里看花寒食梁。

浩荡逶迤地头立，恭听术语解迷藏。

霏霏旷野摇枝舞，朵朵奇葩淑媛狂。

已入天堂自然美，何须药理做文章。

二

几回梦里住茶乡，却被酒仙搁二梁。

隔水绕山园纵立，问芽说捻圃横藏。

行行雪域寒霜降，道道风吹雨露狂。

鞍马新居徽派美，几轮勤政大文章。

三

梁州古道过谁乡？误入桃源水映梁。

依次耘耕成浩瀚，逐级过目捉迷藏。

家家发奋山坡作，户户闲愁苦里狂。

油绿光鲜呈沐浴，明前秋后好文章。

四

从前秦楚是吾乡，眼下人家肖建梁。

最美农耕陈列展，崭新明月倒壶藏。

村村细雨荷塘起，夜夜无声梦境狂。

只爱种茶传万代，自来百鸟品文章。

注释：

　　该组诗主要赞美雾里茶乡平利县。平利县隶属安康市，是传说中的女娲故里。笔者有幸到此作了调研，所见所闻比想象的还要秀美。虽位于山区但交通顺畅，物产丰饶，板岩、板栗、生漆、茶叶、绞股蓝等漫山遍野；水尤清冽，竹树茂盛，林荫间马鞍式徽派民居耀眼夺目；当地小有名气的肖总自建农具博物馆，参观后让人敬佩。平利是一个十分清静而又充满勃勃生机的富有乡野，令人流连忘返，不忍离去。

西乡春媚

二月青开三月花，西乡四月采新茶。
黄莺隔壁啼不住，茗女眼前言直夸。
只见踏歌城里客，还有留守水边娃。
茫茫绿野萌芽翠，直向山头一片霞。

注释：

　　2014年4月18日追记清明汉中乡景。此时正是汉中春茶采摘旺季。繁忙的绿野中，茶山最为抢眼。黄莺在山中不停欢歌，春姑两手在茶垄间如雀食般上下飞舞；留守的娃娃有的在放牛，有的在戏水，好奇的目光打探着一批一批涌进茶园的城里人。这些新贵来到陌生茶园，就像刘姥姥进了大观园，也是心驰神往，欢呼雀跃，把一个清静的山野点缀得花红柳绿，直至云霞铺满天空。

硒谷岩城紫阳

百座青山蝶化雄，过往宾客带硒风。
开门炉上闽秦火，拔腿坡中浆馍充。
擂鼓高低郎号子，对歌长短媚艄公。
魔芋锤打糍粑馋，厚朴安魂贡药崇。
密布云溪川楚汇，零星村落回藏融。
任河驿站云商贾，汉水码头听戏翁。
一袋旱烟勾南北，三杯热酒化西东。
板岩高耸新岸绿，芭蕉遮盖旧屋空。
步步清新醉峰顶，人人好友妙灵童。
紫阳河畔莱茵景，平叔祖师悟道鸿。
难得霏霏思绪意，必提点点故乡同。
琵琶岛上罗兄叙，夏月秋枫对苍穹。

注释：

　　硒谷胜地紫阳县，隶属安康市。紫阳是一个人杰地灵的山乡县域，这里硒、锌等资源十分丰富，其所产茶叶都富含硒元素，汉代之前就有贡茶，被誉为著名的硒茶之乡。这里还是世界道教主流全真道祖师张伯端修道讲学之地，他是道教南宗紫阳派的鼻祖，全真道南五祖之一，因其号为"紫阳"，故被封为"紫阳真人"，也称"悟真先生"、"紫玄真人"等。紫阳水资源丰富，整个县城坐落于水岸之上，有东方小威尼斯之称。在唐宋年间，这里是东西南北水路交通枢纽，商贾云集，大量茶、麻、魔芋、盐、丝等生活用品从此走向都城以及丝绸之路沿线国家。纤夫的号子在河岸上飘荡，码头上声歌在霓虹里摇醉，烟火人家则茶香满园。那真是：芭蕉饭、三花酒，汉水银梭春在秋。琵琶岛上听君语，夏月晨星故乡游。此诗意为排律呈现，力求完美展现紫阳山城风貌，诵之朗朗，古韵悠扬。

紫阳富硒茶①

富硒山上种桑麻，坡下银梭一片茶。②
汉水经停商会馆，真人脚下建新家。③
巴山蜀地半坡斜，寒食正开茶树花。④
密植田园多谈笑，清风雨里寐硒家。

注释：

① 紫阳富硒茶：该茶富含硒元素又产自紫阳，古为贡茶，现为我国知名商标、陕西省著名品牌，在国内外享有盛誉。已有红茶、绿茶，现也在研发生产龙井、乌龙、铁观音等系列产品。

② 银梭：此指茶在杯中之形。

③ 商会馆：此指唐时汉水码头商贾往来繁忙，在码头上建有陕西、山西、广东、四川、汉口等营商会馆，供家乡客商停留洽谈交流、易货或交割及暂住。真人：即为前诗所指紫阳真人张伯端。

④ 巴山蜀地：此指紫阳所处位置正是秦岭以南、巴山深处，旧时蜀道之地。寒食：为我国农历节气，清明节前一或二日。在这一日，禁烟火，只吃冷食，所以叫"寒食节"。

新茶初芽

南来龙井北泉英，满树光鲜裹草青。①
入味徐徐绽山绿，闻香淡淡带枝行。
孟春赏翠圆心意，仲夏呈栀化雪莹。②
铭记田家早中晚，频传初叶杜鹃鸣。③

注释：

① 泉英：此指陕西省商洛市盛产的商南泉茗茶。

② 此句意为满心欢喜地欣赏着初春翠绿茶树叶做好的新茶，仲夏也定会呈上栀子花迷人清香，洁白如雪的栀子花就像秦岭太白六月的积雪一样，浇灌滋润着自然万物。

③ 田家早中晚：此指茶农的粗茶淡饭。当下茶农种茶成本日渐昂贵，一斤茶已无多少利润，尤其春茶时短采少，成茶程序繁多，当作杜鹃不停地呼喊和传播种茶人的勤劳和艰辛。

一叶汉水一缕纱

时来云雾蜀乡崖，像似丹凤栖晚霞。

汉水一依寒春雨，河川极速织冬纱。

梁间应是皇庭色，坡上又开茶树花。

难问乡邻几多秀，可猜飒爽女儿家。

注释：

　　陕南过去是车难开、船难行，现在是好山好水出好茶了，客观境况如是所说。在西汉、西康高速公路未通之前，天不亮出发，半夜才能到达汉中或者安康；如遇刮风下雨或是下雪结冰就不好说了，有可能二三天，也有可能等待天晴化雪后再出发。作为我国南北气候分界线的秦岭山脉，连接着巴山蜀水，盛产茶叶的汉中、安康和商洛三市都在秦岭腹地，过去交通十分不方便。作为贡茶的发源地古梁州、金州，就是现在的汉中和安康两市，从山里到山外有很多的驿站相连接，所谓的"茶马古道"就是依此而行的艰难险途。眼下，三小时左右的车程就可抵达，往日的"穷山恶水"映象变成了"一去二三里，烟村四五家。亭台六七座，八九十枝花"的绝佳山水美景，茶途也方便易行了。

勇敢山利

不去宁强怎懂枫，轻舟逆水汉江东。
先租三块荒郊地，再种两行青绿葱。
还我有机去杂草，带来工贸易相融。
黄昏小酒粗茶饭，收获金牛旭日红。

注释：

好友张勇敢先生本是陕西山利科技公司的老总，因其爱茶，在汉中宁强县租了些荒地学种茶，颇为笔者欣赏。几年过去，收获也丰，再被笔者所赞。偶送笔者品尝，真是喜欢。之一是从事科技的人脑子好用，做啥像啥，把科技用在茶研发生产自然是锦上添花；之二是从繁嚣闹市来到花香鸟语为伴的山野，耕种自己心爱之业，把思想、肉体都融合在一山一树上，是为境界；之三是茶通人性，因人而异，可深可浅，可近可远，勤工在草木之间也为惬意之苦。当下多有识之士奔赴田间地头，汗滴禾下土，感知粒粒艰辛是顺随自然之法。

今昔雨和茶

举杯秦茗雨敲窗，击水云烟过小江。
谁送琴音侵俗耳，故乡犬吠话邻邦。
书房默读芭蕉韵，田舍传说鬼怪腔。
遗憾眼前无酒菜，泥泞夜路饿饥肠。

人在草木间

陕西茶文化丛书

044

注释：

　　此茶诗萌生于一雨后下午，举杯窗前，游思飞远，又听邻家传来琴音之感。"云烟过小江"是说雨下得很大，溅起的雨点仿佛击打在江面的水花，笔者不由得想起了故乡下暴雨的情景。默默地浏览着书中巴山茶文，又记起了儿时下雨天里，老人所讲关于鬼怪的传说；如果能有美酒佳肴就无遗憾了，可惜的是眼前除了青涩的茶水外，还回想起少年时，一次从县城独自回家的情景了。那是雨后泥泞的夜路，摸索着向前走着，时而有车，时而有人，都在匆匆忙忙赶着自己的路。好不容易看到了远处一丝的灯光，就七高八低奔过去了。陌生的老婆婆给陌生的少年端了热茶和洗脚的热水，少年欣慰感激的眼泪落在了碗中摇晃的茶水里。这是过去，不是故事。

2013年秋季"西安国际茶叶博览会"

似曾相识看茶来，郁郁葱葱冲我开。
故事传说精湛美，门庭苦笑赖闲哀。
客家林语猜测处，炉水溢香忙碌台。①
要在都城茗掀浪，遗风依旧复徘徊。②

注释：

① 台：此指茶楼茶馆的柜台。

② 都城、遗风：此处都指大唐时期的繁华。

曹村柿景①

青青涩涩岢梁天，霜打重阳令果怜。

云架灯笼红似火，口拈诗语画成篇。②

元勋故里忙韩客，皇帝朝中封树仙。③

柔美生津壮怀烈，柿乡老者笑从前。④

注释：

① 曹村：此指陕西省富平县曹村镇，是我国著名的柿子之乡。

② 此句是说排排高架上一串串柿子火红如霞，文人墨客涌来吟诗作画。

③ 元勋：此指开国元帅习仲勋，老家在陕西省富平县。忙韩客：是说因为曹村的柿子远销海外，很多韩国的商人来此商谈收购柿子的场景。皇帝：此指元朝皇帝朱元璋，传说曾乞讨在一棵千年柿树下，靠柿子渡过难关，后封此柿树为"凌霜侯"。

④ 此句是说柿子既爽口绵柔，生津止渴，也不宜生冷多吃，更不能与白酒、红薯、香蕉等食物同吃。但柿叶可制茶，且有通便利尿、净化血液等多种保健功能。柿乡的老年人都笑过去也收柿子，但日子过得紧巴巴。

茶话 "麦里金"

月到金秋麦里香，泾河柳岸雨丝扬。①
点茶不醉兰花袖，评语直夸白鹭行。②
雅集品茗无限好，劳心五谷万年康。③
桂花绽放长安夜，星海声歌新旧郎。④

注释：

① 泾河：即"泾渭分明"中的泾河，在渭北塬间，发源于甘肃的六盘山麓。

② 兰花：此指茶艺表演者。

③ 雅集：此指到场的文人墨客。

④ 星海：此指陕西茶人联谊会会长韩星海先生。

梦茶乡(二首)

一

醒来自问谁家好？百里西乡雀舌峰。
遍地黄花油菜色，满山碧绿定军容。
谢村老酒咸亨味，汉水银梭韩信踪。
腊肉喷香蒸白饭，青椒爽口炒茸松。

二

清晨鸡犬唤炊烟，蹦蹦车轮向旧田。
南国仙茗淋谷雨，西岭雀舌唱明前。
春芽十八成拍日，秋叶三千定议年。
龙井山村忙别墅，金州故里会新天。

注释：

　　此诗为寻梦而作。诗中所列无论茶名、地名或其它名称，皆为汉中和安康所有，如黄花即为油菜花；谢村老酒即指汉中谢村黄酒，可比宜兴黄酒；韩信指汉王刘邦大将；金州即现安康市。汉中、安康皆为陕西南部两市，生态环境、植被系统、民风习俗几无差别。因交通越来越方便，都市的人们对大山的认识也越来越深刻，原本穷山恶水的山野之地变成了好山好水好地方，随之向往的念头也越来越浓，一批批向大山进发。每到节假日，城里人便像蝗虫般拥挤在通往大山的高速上。笔者也时有这样的欲望，但每每都不尽兴，留下太多的遗憾在梦中再现。寻梦记了茶乡二首，给自己一个念想吧。

茶乡平利①

天书峡谷品茶香，最美乡村平利藏。②
无性广田呈健壮，有情深处现慈祥。③
巴山青竹临寒翠，汉水金枝复暖芳。
徽派新居诗画影，女娲故里药王汤。④
江南秀色烟霞路，北国风光旭日杨。
云海对歌飞旷野，梯田放牧走荷塘。
阳春碧绿黄花舞，盛夏清波烈火凉。
绞股龙须蓝草库，琵琶凤仪雪梅廊。⑤
轻舟满载垄耕业，古道富硒织造章。⑥
七彩漂流小桥过，仙中脱俗梦秦黄。

注释：

① 平利：指平利县，隶属安康市，近年荣获"中国十佳最美乡村"美誉。

② 天书峡：一块特别秀美而有书形的巨石，是平利县著名的旅游景点。

③ 无性广田：此指无性栽培的广阔茶园。

④ 徽派新居：此指移民搬迁后新盖的徽派建筑式样的居民点。

⑤ 绞股：指绞股蓝。龙须：指龙须草。

⑥ 织造：意为平利盛产桑蚕，一直是蚕丝主产区，曾有过丝绸制衣的辉煌历史。

平利女娲线上线下忙做茶

平利茶仙是女娲，天书媚影好人家。

竹溪城口三重界，谷峪峰丛四处峡。

八百年前百村落，马鞍墙后马蹄沙。

一车劳苦牛哼茗，半路祈祷自问鸦。

速道畅通风景现，网商捷径点击拿。

富硒山上养身土，岚水河中保健茶。

魔芋蒸香解馋嘴，龙须做药炖奇葩。

上山哪顾青云日，下手先摘翠绿芽。

抹去春光明媚汗，好生晚月火焰花。

玲珑幺妹真心事，勤奋阿哥友善嘉。

都是新鲜珍稀货，请来品鉴配鱼虾。

山歌唱到都城里，绽放礼包你会夸。

注释：

　　平利人自从告别肩挑手提翻山越岭的日子后，也一改往日穷山恶水之名。与世隔绝的天书峡、天书台、板岩谷、古茶岭、桃花源、女娲峰、女娲乡、女娲云海、女娲日出等无数如梦似幻的神奇风采也逐渐为世人所知。近年来省道、国道相继开通，昔日大山深处、林间草丛的奇珍异果、旖旎的山水风景、地道诱人的巴蜀风味、嘹亮清澈的原声山歌、执着韧性的憨厚民风、崎岖神秘的茶马古道，随着互联网及农村电子商务发展的脚步，由线下向线上漫延，大包小包、车水马龙地穿梭在都市与乡村，霎那间，被天下的网民欣赏、求知、品尝、抢购。过去只能在国书善本中寻找的龙须草、绞股蓝、魔芋、杜仲等宝贵中药材也逐渐走入寻常百姓的视野，制成的保健品与木耳、香菇、竹笋、腊肉等大众电商用品被送到大江南北，为万家灯火的餐桌增添了大山的喷香、鲜美和神韵。真是可歌可泣，值得点赞。

春 茶

眠冬孕露叶出冠，梅雨生花堆雪坛。
垄上金州鸣翠绿，风中洛水点香兰。
茗泉雀舌西乡醉，老店富硒羌寨欢。
性急三遍滋味淡，闻含一齿去参丹。

注释：

　　茶树经过一冬的孕育，浓缩了无限的机能等待春发。期间垄上曾有过寒风和冷雨，或许也飘过飞雪，但生茶的土壤里依旧有暖流和温泉滋润着，春分刚过大地便萌生出旺盛的精力，枝头抽出新芽，茶农忙碌的身影陆续出现在茶园。新茶的特点是清香却不耐泡，三遍后香味消失。春茶主要是看、品、尝和赏，她既有少女之春，又有小姑之韵，更兼少妇之涩，性急什么也找不到。这就是自然的造化，春天的艺术和人间的冷暖。

大师煮茶①

星海温杯沸天水，龙根四座在云家。

瑶池甘露琼浆液，玉口丹参雀舌芽。②

神话玄机炎帝事，传说微妙女娲茶。

僧赠佛品禅知味，市井超然向碧霞。

注释:

①　大师：此指陕西茶人联谊会会长韩星海先生，一个关心、支持、宣传、推动陕西茶叶发展，且在全国茶行业知名度很高的热心人。

②　丹参：此指东北丹参保健茶。雀舌：此指茶形如雀舌的陕西宁强雀舌茶。

沣峪煮鲜茗①

山门古老一隐泉，雪浴终南化紫烟。②
甘冽生津滋凡客，清幽宁静照红颜。
难得一袋仙毫翠，贡品三天谷雨鲜。③
净业寺前山花瀑，潮珠弹奏祭茶年。④

注释：

① 沣峪：西安市长安区秦岭北麓一峪口。

② 终南：此指秦岭终南山。

③ 此句意为仙毫难得只有一袋，当作贡品般珍惜等待谷雨
降临。

④ 净业寺：是中国佛教律宗祖庭，位于西安市长安区终南山北
麓之凤凰山上，始建于隋末，唐初为高僧道宣修行弘律的道场，因
而成为佛教律宗发祥地。

恭贺陕西省茶人联谊会成立

闻香探路十年春，一脉传承只为仁。①
星海银河广运雨，法门茗典汉家珍。②
酬勤玉翠呈天下，造化南山寄月轮。③
货殖真诚西市会，金桥凝聚众乡绅。④

注释：

① 此句意为中华茶人联谊会陕西分会（即陕西省茶人联谊会前身）辛勤耕耘十年，一直默默无闻地奉献。

② 星海：陕西省茶人联谊会会长韩星海先生。银河广运：意为韩先生为了陕西茶叶发展壮大呕心沥血，无私奉献，逢春化雨。法门茗典：此指陕西扶风法门寺塔底挖掘出的大量唐代关于茶的皿器与典籍。

③ 玉翠：此指茶叶。南山：此指秦岭，适宜种茶。月轮：茶饼的一种形式。

④ 货殖：意为利用货物的生产与交换，进行商业活动，从中生财求利。西市：即现在的大唐西市，过去从事国际贸易的场所。此泛指从事茶叶生产与销售等活动要讲诚信。金桥：意指"联谊会"要发挥真正意义上的桥梁作用。乡绅：此专指到会参加成立仪式的陕西茶人。

癸巳蛇年商南对话茶兴与衰

聆听佳话品秦红，洛水丹江去岭东。

野刺梨花经过手，国槐树叶带茶香。

翠尖嫩绿黄昏到，弯月清明露气空。

遥望丘陵逶迤去，拾级心境冷风通。

潼关隔壁三门峡，勤学前头严师宫。

数次滞销渡寒九，四千小叶一杯融。

青山雨后多春笋，贵贱当前问老翁。

但就鞅君诚信木，自然茗苑郁葱葱。

秦巴仙茗 第一篇

057

注释：

2013年春因定点调研到商南县，笔者也因此认识了著名的老茶叶工作者张素珍老人。有幸聆听了她关于商南茶叶发展的坎坷经历，以及在北纬33度以上还能种植茶叶的奇迹。她祖籍河南，从西北农林科技大学毕业后被分配到商南工作，领导让她试种茶叶。因土壤酸性度偏高茶树发育不良，几无收成。为了改造土壤结构，硬是肩扛手拉倒腾土壤，不断地调整土地的酸碱比例，经过十几年艰苦努力终于换来了今天的成果，并逐渐成为北方地区茶叶中的佼佼者。恰恰又因海拔高、纬度高、云雾充足，所产茶叶香高耐泡，无苦涩而享誉茶界。如今茶园周围遍及野刺梨、槐树花和野山桃等自然野生植物，加之丘陵地域，茶区坡陡有阶路缓冲，上山也不觉太累。每到清明、谷雨时节，采茶人进山采摘新鲜嫩芽，四五千个芽头才能做出一斤毛茶来，可见春茶金贵稀有，必要珍惜。此地已是河南、湖北交界，稍远便是潼关三门峡，古时为秦楚地域又是商鞅封地，可为宝地要塞。商鞅诚信立木的故事深入人心。虽不是十分富足，当地的百姓日子过得蛮是舒坦清闲，小城市干干净净，清清爽爽，令人向往。洛水在此穿城而过，秀美都倒影在清澈的河水里，成为时下旅游度假一个新的去处，吸引着四邻八方来观光行走。若有闲暇，定不要忘了这净土上闲适的梦境。

汉辰旗枪舰^①

去年小试展香江，今日先开北美窗。^②
再造林荫送青苑，频收文牒售邻邦。^③
"斗牛"鲜茗赠异客，牧马香槟品口腔。^④
华伟帅风纳精气，西乡舞剑外无双。^⑤

注释:

① 汉辰：此指陕南汉辰茶叶有限公司的"汉辰"牌茶叶。旗枪：此指茶叶形状。

② 香江：是说香港。北美窗：此指在美国设立茶叶销售窗口。

③ 文牒：此意是说该公司取得的境外国家和地区认证资格。

④ "斗牛"：此意指准备在西班牙开拓市场。

⑤ 华伟：此指公司负责人。西乡：陕西省汉中市的产茶大县西乡。

汉水之春

巴天蜀地古梁州，雀舌仙茗万户侯。
已作玉兰登门客，欲邀黄杏聊乡愁。
冬林智过刘皇叔，雷雨点多曹相牛。
再借东风扫大地，将军马上去云游。

注释：

第一次见"老陕青茶"便记下了刘冬林这名字。其后有幸相见，似何处早已有过会晤。颇显粗糙的手自信有劲，是因春秋揉捻陕青，夯茶扎砖？还是疏巴浚蜀，跌宕黎坪？不得而知；总不会是羽毛球运动场摸爬滚打的结果吧？一笑。进一步说话才知"宁强雀舌"品牌茶是他所创，这使笔者肃然起敬。知道这牌子已经许久了，也一直念叨着她，在笔者很多的诗里常提她。

笔者对雀舌还是略知一二的。上初中那会儿，很长一段时间曾经亲手喂过一只斑鸠，仔细观察了她喙中之物的造型、灵性和功能。雪天时，又用她在竹筛子中引诱麻雀上钩，逮住后，就此对比了麻雀的舌头。当看到把雀舌比作茶叶时，既好奇又颇感神秘。那光滑扁平的"宁强雀舌"茶叶，长如葵花籽仁，肉质感很强，杯中徐徐绽开时巧生如簧之力，十分优美，楚楚惹人喜爱。能把茶叶做成雀舌形是生活，是品味，是文化，是艺术，是功夫。既赋高雅创意，又令人可乐享用，也合了笔者二人的"雀舌之缘"。

　　别后，仔细琢磨。冬林先生用这种智慧将夏秋毛茶就地制成帝国秦砖样的茶，避免了低价外销或弃之荒芜的遗憾，是走了茯茶和普洱茶的路子，好。喝着这厚重、甘醇、香高、悠然的琼浆，不仅使人联想到巴蜀要地，汉水之滨，自古就是文山书海、养人育才之胜地。刘皇叔拜相留将，曹影褒河"滚雪"，释杯浮影，茶圣鸿渐翻山越岭，草起嘉木《茶经》，梁州、金州、平利、紫阳，茶马贡道熙熙攘攘。今人之口福，故事之传说，作了这拙诗赠于冬林先生纪念。

象园青

梁英翠谷象园场，遍野茶山古栗香。
南北蔚然秦皖色，溧阳鲜亮镇安芳。
忙春赶做清明叶，闲夏悠填奇妙章。
上下坡田寻法海，一轮弯月在荷塘。

注释：

象园青依旧为茶名，茶园坐落于离西安一小时车程的秦岭南麓镇安县。老总叫刘法海，因法海名竟牢牢地记住了他。其茶与商南茶不分上下，有栗香是因为茶树与漫山遍野的板栗树共同沐浴在阳光雨露下。品牌"象园雾芽"和"栗乡缘"远近闻名。秦岭山镇都有许多相同之处，走进秦巴山区便有了新奇、新鲜感，满目的青山绿水让人由衷地觉得自然的亲近，云雾在山巅、山腰，在脚底跑来跑去，阳光从她的缝隙里直射下来，形成了大片的云翳，亮处耀眼，阴处凉爽，风亲切地吹过周身，这山野里的一花一木让笔者顿生敬畏之意。到镇安虽第一回，也有商南、西乡和岚皋之美，来了便有不愿离去之私心。

西乡说美

逢春络绎菜花乡，远古梯田复活忙。
汉水银梭飞碧浪，童心报国学鹏翔。
秦巴神话梁州起，蜀地山珍百姓商。
安坐聆听贤者语，原来午子赞戚娘。

注释：

谷雨刚过，新茶正上，西乡千里，明媚春光。汉中鹏翔茶叶公司乙未年春"茶文化论坛暨向贫困小学生举行捐赠仪式"，真是一个好事情，值得称赞颂歌。如今做茶生意非常艰难，公司总经理段成鹏先生用此善举表达心意，也是笔者始料未及的。趁此邀请了周恩来的扮演者宋建华先生及其他书画爱好者到会捧场，书画相送，也算是锦上添花。让文化人走进山野村舍，感悟自然和秦巴农耕文化，都是温馨甜美之事。这偌大个西乡，每年油菜花开，总要吸引大批城里人来此游玩品鉴，带动了旅游业的兴起，农家乐也随之红火，西乡的名声也自然蜚声山外，越传越远，业余或专业摄影的、写书画画的、吟诗颂赋的，以及电影电视场景也都搬到了这昔日的穷乡僻壤、而今天却是好山好水出好茶的天堂。穷则思变，变则生景，景则出文。当下已不是缺衣少吃的年代，人们越来越多向往大自然的美，上山下乡，走村串户已成为城乡老百姓一种自发的活动形式，时逢节假日结伴而行有之，小家独行有之，长居短息有之。这种由绿水青山环抱休闲的娱乐之处，变成了文化的展现和凝聚。她像磁场似地牵引着人们从一个山头向另一个山头出发，从一个绿场向另一个绿场迈进。这样惬意的生活深深打动着每一个骚动的心，大家情绪豪迈地扑进自然的怀抱，全身心地要将自己融化在青山绿水中。精神的境界升腾着，纯洁着，诗化着，这个浮躁的世界也就慢慢地变得轻松起来，大气起来，健康起来。

巴山香茶路维艰

依旧搜寻古树茶，巴山雾里找人家。

欢腾鸟语心随乐，音断金猴影匿斜。

梦里三千老嘉木，眼前无数崭新芽。

可惜能入时珍药，不做杯中半片瓜。

注释：

　　此诗要写多时，却无灵感。某日晨起，突生奇想，录笔在此。茶在杯中的故事总是让人魂牵梦绕，欲罢不能。视频茶园、茶女、茶艺、茶文、茶诗和茶画美轮美奂，梦境一般。现实中的茶园多半都远离村舍，遥不可见，不然的话生不了好茶。逢春采茶时必赶露水正收干抵达地头，山区茶园更是要爬坡过坎，涉桥趟水，还未出手已是汗流满面。一天可采时间十分有限，上午最多到十一点半左右，下午三四点钟的光景，采摘能手可达八九斤鲜叶，动作慢的则六七斤罢了。挨到收工已经腰难直，眼发花，双手染黛呈绿墨。中间茶水伴干粮充充饥，生活十分艰辛。拖着注铅般的双腿回到家中，已经动弹不得了。被艺术家过滤的茶生活与现实相比是大相径庭的。这只是采茶而已，有机会再说炒茶之苦。

茶红秦岭

商山拔地八千峰，岭上秋霜叶渐浓。
洛水蒸腾云气聚，茗泉润泽亮家熔。①
创新神话经纬度，引种国茶南北宗。
甘受搓揉百般苦，青牛饮热老聃胸。②

注释：

① 亮家：此指商南县年轻茶人丁云亮总经理。因其辞去公职南下西往，拜师学艺，潜心做茶，颇有成就。其所做"秦岭红"汤色温润，绵柔甘醇，啜觉回味深厚。

② 老聃：即老子李耳。因骑青牛过函谷关去楼观台讲经游学，曾经过此地，便留下紫气东来之福祉于后人。

歌行体　拜访茶仙蔡老先生

黄钟大吕白发翁，笑语情真趣味童。

一代宗师随茗月，三千学子拜禅宫。

猴崖绿树碧星坡，虎谷清溪映雀窝。

不见巴山樵夫路，畅游汉水卧龙轲。

热血青年皖北来，巍峨秦岭镇巴猜。

银针索探凌云志，雀舌耕耘欢乐台。

寂寞炊烟入晚霞，静心灯火做春茶。

捻揉抛洒满天雨，冲泡频添一浪花。

好个高香闻不够，原来深夜也奇葩。

明朝再采风情叶，往日勤劳厚实芽。

踏遍丘陵访峻山，丝绸路上过阳关。

陕青会友他乡俏，挚爱知音九曲还。

屋后房前经济坡，左邻右舍财神歌。

舞台呈现皎然美，古木再发鸿渐和。

泾渭春秋顺水来，茯砖上下内蒙开。

西乡谷雨西南种，北国清明北地栽。

城固龙须硒紫阳，西乡银桂金宁强。

商南泉茗金丝峡，云亮冬林李又芳。

侠女素珍杨陵才，大儒蔡老巴蜀王。

共和将相多白发，华夏迎来百味香。

陕西茶文化丛书

068

注释：

　　想拜访蔡老先生已经很久了，因出差到汉中，终于了却笔者这个茶亲的愿望。蔡老先生名如桂，淮北人。1966年大学毕业因圆别人的姻缘，自告奋勇来西北要塞镇安插队落户，一晃五十年过去了。年过古稀的他口出妙语，声如洪钟，一头华发卷曲柔美。行走虽略显迟缓，从身板看，往日经风沐雨的岁月早已把他锻造成一个名符其实的西北汉子了。让笔者惊奇的是他在这秦巴深山里，硬是从一窝窝茶丛中，研发出"秦巴雾毫"等十多款红白绿茶来，不仅恢复了陕西产茶的名誉，更是弘扬丰富了中华的茶文化，还为那些身处贫穷的茶农解决了温饱，走上了发家致富的道路。其主编的《陕西省茶产业丛书·汉中卷》《汉中茶谭》《汉中茶文化》等多部巨著蜚声大江南北，为我国茶文化海洋里增添了一朵璀璨夺目的奇葩，这是陕西人的骄傲。最令人自豪的是秦巴三市已经涌现出一批青年才俊，像段成鹏、刘冬林、李芳、闫战利、张为国、刘华为等，所出红绿青茶皆显味浓、香高、耐泡等特性，是其它许多产茶地区望尘莫及的。用俗话来说，蔡老爷子可谓后继有人了。如今汉中、安康和商洛茶产业都已经规模化，作为绿色朝阳产业正处在快速发展阶段，文化旅游休闲也完全融入其中。还有一些茶园周围桂花飘香，旱莲绽放，枫叶艳红，樱桃润甜……使翠绿的山野乡村更加秀丽芬芳，美不胜收，来此造访的游客络绎不绝。作了这小诗远不能代表笔者对老先生的敬意，唯有更加细细地品茶之味、人之情，多多地宣传介绍陕茶，让更多的世人来分享蔡老先生的快乐和幸福。

茗中鹤起汉山红①

刘备不知今汉中，巴山蜀道绿茶风。
仙毫并列观音序，布谷回头南郑东。②
恰看人间入冬去，悄然玉树现山红。
春莺有意留恋时，当记随缘一老翁。③

注释：

① 汉山红：茶名。2014年11月20日《陕西日报》头版报眼醒目广告《热烈祝贺中国南郑"汉山红"牌汉中红茶荣获第十一届中国国际茶业博览会名优红茶类"唯一特别金奖"》，特以此诗表示恭贺。

② 南郑：此指陕西省汉中市南郑县。

③ 一老翁：笔者自称。

秦岭红（二首）

一

丁家圆梦领秦红，轻啜茗泉紫气融。
慢凋云林偏峰走，急收谷雨正南攻。
明窗凝聚精华叶，蜜月朦胧草木枫。
自古英雄多壮举，商山洛水亮神通。

二

浮化清香翠苑中，隔窗天地异样红。
腾云驾雾神仙气，戴月披星北斗风。
散落商泉碧波里，吹开雪域绿芽丛。
一声赞叹春秋过，遍地莺歌千万童。

注释：

自"信阳红"茶蜚声大江南北后，对陕茶产生了极大的触动和反思。为什么至今没有人来做陕西的红茶？商南小伙丁云亮带着飞蛾扑火的勇气，南下西进，拜师学艺，观摩练手，"自讨苦吃"地反复实验，感悟琢磨，并南北结合，硬是凭借着对大秦岭的深爱和日久制茶的功力，一款款新颖独特的"秦岭红"茶，在从不做红茶的原产地诞生了，当为之恭贺。

好喝女娲茶

再向龙头拜女娲，阳春三月采新茶。
肖家姐妹从容夜，吾友四君齐待霞。
看似条梭紧松立，其间功力洒脱嘉。
入唇恩泽山乡美，回味青睐古寨花。

注释:

　　华夏最美乡村之一的平利县龙头村已经远近闻名。三年前从安康车行两小时达，遇秋尽冬初傍晚细雨，寒意极深，有雪下过，茶田还存雪影，茶花小而垂怜，没走几步便返回室内说话。今来平利高速畅通，只是半个时辰的路程。且在三月，又阳光充裕，远山虽还微显枯色，然菜花油黄畅亮夺目，似画毯飘落山坡平野。眼前是垂柳摇曳，河水淙淙，更见廊檐墙壁粉饰一新，多真言善语美画；农耕文明也融雕塑耸立排开和博物馆陈列，可谓人文山水极美。此次光临茶田另获意外。村委广场不远处，有桃花与金桂布在百亩茶田的阡陌之间；女人儿童采茶疏影星落，不亦乐乎。络绎的人群不断涌入，一派游在田埂、乐在花中情景。随君四友闲适溜达其间，夕阳映照黛绿茶园，懵懵懂懂的新生芽尖，也如鹅黄翠嫩，抚之娇婷可爱，采之怜悯不忍。暖意还浓，暮色远起，移步凉亭远眺，两白鹭自相起落水中沙洲，水墨晚景如诗入画。再坐廊凳，持杯闻香赏茶，霎那间眼亮心提，频吸频看。观之貌不惊人，型小叶短，条梭不一，紧松有别；闻吸气香浓烈，似有野春青涩与农家炒豆之味，引人入胜，弥久不去。再高举端详，更不玉立亭亭，倒像"永"字笔画横直歪斜，更似顽童坐卧无形，却又十分惹人喜爱。入口直呼"好茶"！问之则是好友夫人姊妹所做，确谓不可思议，乃制茶工匠，定可名振天下。

2016年3月30日记了前一周六傍晚在龙头村悟茶所感，并赠于老友肖胜能先生。

商南香茗旧时翠

闻香悦目忆商鞅，南北丘陵谁做王。

每到清明姑采叶，待收谷雨我熬汤。

金丝峡里风流水，牛背梁峰寂寞郎。

最是别离梦心上，旧时今味此茶乡。

注释：

2015年4月3日臻品商南金丝雾峰明前新茶有感。三年前有幸初到商南，虽过采茶时节，但西北农林科技大学毕业的张素珍老师的学生为笔者一行现泡的商南泉茗，就是张老师亲自带领团队，经过几十年苦心研发出来的，北方耐寒高香茶，回甘厚重，精泡汤浓，明黄色润，口感滑爽，令人称赞，此情此景依然历历在目，十分亲切。好友从商南捎来金丝雾峰明前新茶，笔者很是喜欢。商南虽小，物产颇丰，山珍佳味盛多，人又聪慧精明，坦诚耐劳，做事着实用心上进，做茶更数其中一例。

茶 亲

暂搁闹市去茶家，春翠旧枝织绿纱。

不为名山风景诱，欲听秀水自然哗。

朝出小妹歌领路，晚向阿公学揉芽。

躺在酸腰板床上，梦栖累树落屋霞。

注释：

亲，是当下较为时尚的一个专有词，代表着沟通与友善，也可
是业内相近之人。茶亲，就是对茶文化有着相同爱好和关注的人
群。尤其到了春茶采摘季节，茶亲们纷纷从各地涌向茶园，常常吃
住在茶农家里，与之一同上山下乡，披星戴月，完全深入到茶生产
的全过程。此举也深受茶农的喜爱和欢迎，不仅减轻了其劳动强
度，也多了伴和家长里短的机会，更主要使这些山里人对外界有了
深入的了解，知道了什么是茶文化和附加值；当然也让茶亲们深刻
理解了茶文化的真实内涵和她的博大精深。亲身体会、感悟茶农的
艰辛和愁苦，在腰酸背痛、腿肚子抽筋里了解茶叶的转世轮回。

第二篇

关中古韵

歌行体　茯茶泾阳行

药王采药过咱家，门前歇脚喝茯茶。①
望闻问切同乡里，油盐酱醋话桑麻。
茫茫高坡峁塬梁，纵横沟壑千尺黄。
郑国渠，泾惠渠，东府西府存余粮。②
京畿宝地膏腴处，三辅嵯峨老池阳。③
笙歌夜夜红灯挂，西市怎比瀛洲强。④
大漠深处六盘山，空谷流音十八弯。⑤
千里泥沙过滤净，一路泾川水悠潺。⑥
湘鄂出，川渝下，睢城古渡航大河。⑦
皮货商，盐铁匠，纤夫号子南来婆。⑧
半黑半湿绿毛升，拣剁，筛箩，灌捶蒸。⑨
长方厚薄铁面砖万块，老树新叶夜雨寒衣灯。⑩
汉煮唐煎宋点明清泡，长安未央安吴寡妇增。⑪
左季高，毛润芝，银票税号语录忠。⑫
老村长，新书记，拜佛恭请九旬翁。⑬
打起锣鼓寻老调，重开新章泾阳红。⑭
巍巍秦岭五千年，安邦兴国边销鲜。⑮
迎进来，走出去，醇厚回甘透亮天。⑯

解油腻，消滞胀，草原儿女崇敬祝禅莲。⑰

"非遗"珍贵"三不离"，金花灿烂传承贤。⑱

注释：

① 药王：此指神医孙思邈。因孙思邈老家在今陕西省铜川市，来回秦岭途经泾阳。

② 郑国渠、泾惠渠：两渠均取泾河之水灌溉着八百里秦川大地。以渭南和宝鸡两市为核心的东府、西府自古就是陕西的米粮仓。

③ 京畿：此指秦都古咸阳。三辅：指汉朝咸阳京畿辖三区，京兆尹、左冯翊、右扶风史称"三辅"。嵯峨：泾阳县北一山。池阳：泾阳古称。

④ 西市：此指大唐长安城商贸西市城，当时十分繁华。瀛洲：夏、商时期，泾阳称瀛洲，有泾阳八景之一瀛洲春草。

⑤ 六盘山：此说泾河发源于六盘山深处。十八弯：此指泾河流域十八弯。

⑥ 泾川：此泛指古泾河流域。

⑦ 睢城古渡：泾河八景之一。从湖南、四川一带来的草茶叶等商船北上至泾阳睢城古渡靠岸卸货。

⑧ 此句是说泾阳不仅茶商云集，因在咸阳都市，盐商皮货商品琳琅满目，也引来许多好奇的女性。

⑨ 此句是说南来的茶叶因路途遥远已经改变了颜色和味道，必须经过拣剔等程序进行二次发酵，至此也由绿茶或散茶发生了深刻的变化，由泾阳技师把它制成了砖茶，经丝绸之路西行。

⑩ 此句是说茶砖造型和规模，及采茶人和制茶人艰辛。

⑪ 安吴寡妇：姓周名玲，陕西省三原县鲁桥镇盂店村人，清末大商人。1900年，八国联军进攻北京，慈禧太后逃难到西安，她向慈禧太后捐献了十万两白银等财宝，被慈禧认作干女儿，并封为"一品夫人"，成为传话。

⑫ 左季高：即左宗棠。毛润芝：即毛泽东。此句是说因为左宗棠使砖茶变成国家税收的摇篮，用银票和税号来规范茶叶出口。也因为左宗棠和毛泽东都曾夸奖泾阳砖茶好。为减少物流成本，国家宏观规划，关闭了泾阳砖茶的生产，转移到湖南安化生产。改革开放后，泾阳才开始重新恢复传统的茯茶生产。

⑬ 九旬翁：泾阳茯砖茶传承大师田生林老先生。

⑭ 此句是说泾阳县政府已经把恢复砖茶生产作为县域经济一个主导产业下力扶持。

⑮ 此句意指砖茶过去一直作为安抚边疆百姓和满足西域民族生活必需的生活用品来发展壮大。

⑯ 此句是说茯茶用她的醇厚、回甘、透亮等特色来寻求合作发展伙伴。

⑰ 此句是说茯茶保健功效。

⑱ "非遗"：此指非物质文化遗产。三不离：泾阳茯砖茶的金花冠菌唯一性只有在泾阳县这个地方产生，即所谓不离泾阳气、不离泾阳水、不离泾阳技。

共荐丝路茯砖

再香西域做砖茶，温润回甘千万家。
古渡春风玉门过，京城军号会堂夸。
同舟之力池阳赋，皓月当空异国霞。
频写文章饰天下，老腔喝要旧金花。

注释：

2014年4月12日由咸阳市人民政府和泾阳县人民政府组织该县二十余家专门从事茯砖生产和销售的企业在北京人民大会堂进行推广促销活动，时任陕西省副省长祝列克和陕西省原省长、国家林业局局长贾治邦参加了此次活动仪式。该县计划从县财政拿出1000万元扶持茯茶生产与销售，这一举措在全省茶叶界引起了较大反响，也大大刺激了其它茶叶部门。笔者对此感慨颇多，作了此诗纪念。

古道茶香①

陕甘驿站达边疆，关内茗汤育胡杨。②

解腻去腥回荡气，生津舒络扩胸膛。③

南茶北上茯砖代，西马东往汗血畅。④

一路温和秋景好，夕阳塞外煮醇香。

注释：

① 古道：此指古丝绸之路沿线一带。

② 陕甘：此指陕西、甘肃直达新疆地区。驿站：过去因交通不方便，为使朝廷公文和皇帝的御旨快速抵达而建立的中转站。当时的茶叶运输团队或马帮多半会在驿站停留中转。关内：主要指嘉峪关，是去新疆的主要关口。胡杨：是戈壁滩或沙漠地带的低矮的杨树。

③ 此句意为茯砖茶的功能具备的特点。

④ 此句意为中亚一带国家盛产的汗血宝马已经成为唐宋时期急需的战备物资与交通工具，因快速敏捷又十分稀少，被朝廷所看重。泾阳生产的茶叶成为当时中亚市民生活中必不可少的贵重饮品，最佳时期100斤茶叶可换一匹马。

官茶吟

斗室陈年泡老花，偶然谷雨点朝霞。
瓷壶锈映沧桑月，铁盒空思过客家。
揉捻往来秋后语，杀青远近夏前麻。
文山穷数常流水，会海炒翻新旧芽。

注释：

　　此诗成于奢靡之风盛行之时，世俗多爱攀比，茶就是其一，比包装、比品牌、比产地、比价格等等。茶本清静之物，和、雅、清、静、俭是其最大的特点，然而成了一些人讲排场、比阔气的奢侈器物了。

国风——茶

往来雅集诵东方，绿水青山寰宇廊。①

素昧凭赠诗一首，故交勤煮醉三乡。②

琥珀身影旗枪剑，雪域楼关佛道场。③

拂袖琴人壶润色，云村古月梦秦唐。④

注释：

① 雅集：此指文人雅士聚集之意，出自"西园雅集"的故事。北宋年间，文豪苏轼、苏辙、黄庭坚、秦观等人聚集西园吟诗作文。从古到今，茶则是雅集的重中之重，此喻为华夏民族待客外宾均以茶雅集天下。寰宇廊：此指我国邦交长廊。

② 素昧：此指初次见面的人。煮：此指煮茶。过去饮茶多半是煮煎后用，多饮浓茶则易醉。

③ 琥珀：此指茶汤。旗枪剑：此指条索茶叶入水后立于杯中的造型。楼关：此指过去茶叶通过楼关边界走向中亚。佛道：指茶意。

④ 拂袖琴人：此指茶艺佳人的表演。壶润色：此指泡茶。云村：此指茶乡。秦唐：此泛指秦唐古长安时的茶生活和茶文化。

贺龙年香港茶博会

秋闱相会展芬芳，佳客启唇娇口尝。
雀舌诚邀宁强聚，杜仲恭候略阳航。
秦巴自古茶皇帝，泾渭从来茯砖王。
港局平台商榷舞，香江海域任君狂。

注释：

　　参加香港茶博会是一件非常有意义的事情，是充分展示和学习交流茶文化的重要平台。秋闱在古代实际上是一种乡试的科举制度，在此比作一个平台，大家都把自己最好、最得意、最个性的茶与文化拿出来比一比，赛一赛。诗中主要介绍了陕西宁强县的雀舌茶、略阳县的杜仲茶、泾渭公司的茯砖茶等。港局是指香港贸发局。

香江观茶展

放眼望去大观楼，移步换花刘姥游。
贵绿云红尝一口，徽青江白品三秋。
高山雨露乌龙秀，峡谷风霜仙国牛。
妩媚凭添硬功夫，老君淡定自行舟。

注释：

香江观茶展是指陕西茶企赴香港参加国际茶叶博览会的情景。贵绿是指贵州的绿茶，云红是指云南的红茶，徽青是指安徽的青茶，江白是指江苏的白茶，所见都是各地品牌名茶，如刘姥姥逛大观园开陕西茶企眼界，学了不少的生意经。

虎秋绿茶咏

虎秋不见雨春桑，毒辣长安几处凉？
坊上人家最红火，竹笆市里少茶房。
富硒泉水好平利，消暑轻车去紫阳。
心静三杯润浮躁，减削电费赛西乡。

注释：

　　虎秋，是指入秋后的天气，闷热火辣难奈。为此笔者想到了茶和长茶的地方，以及那些家喻户晓的名茶和那些应该有茶及茶馆的地方。如西安坊上人家每到夜晚灯火通明，烧烤烟火熏蒸，热浪滚滚；竹笆市是休闲纳凉的地方却没有一个茶馆；平利、紫阳和西乡三大产茶县又遥不可及，引来愁肠百结，越发觉得酷暑中日子难过呀。

茯砖（二首）

一

南茶渭水转泾阳，再酵蒸发重整妆。①
一路高歌西战斗，三军烽火北辉煌。②
飞沙戈壁秦商队，大漠孤烟晋马郎。③
诰命夫人赠银玉，叫人挥笔写宗棠。④

二

追踪丝路去天山，驿站笙歌寂月还。⑤
固守茯砖三昼夜，必然疏路直通关。⑥
奶茶一碗生津络，牧马九州芳草湾。
异域风情半遮面，神茶浓郁水潺潺。

注释：

① 南茶：此指两湖、两广以南的绿青茶。渭水：黄河支流。泾阳：此指陕西省泾阳县。再酵蒸发：此意是南茶到此后要重新发酵蒸馏成砖茶或其它包装的黑茶，再销售到古丝绸之路沿线各地。

②此句意为当年左宗棠的部队不服北方水土，多有肠道疾病，喝此茶后治愈，一路西进，直达边疆。

③秦商：此指古时陕西商人。晋马郎：此指山西骏马商队。

④诰命夫人：此指1900年慈禧逃难到西安，泾阳县大户安吴寡妇敬贡茶捐银两，后被慈禧收为义女，并封为一品诰命夫人。

⑤天山：此泛指新疆地区。驿站：此指四川自贡，北茶西进中转地，当年繁华无比，夜夜莺歌燕舞。

⑥此句意为当年茶叶销售已经受到国家的保护，必须持有茶叶销售配额或税票。战时常常封锁通关要道，但只要是茯茶至此便可疏通过关，西路上十分畅销。

◁ 苦荞茶 ▷

何来扑鼻炒麦香？一问妻答苦荞汤。
金色温和茶韵味，春花碧绿雪营康。①
性寒益气精华续，普降安心本草藏。②
鞑靼充饥护茗驾，杨家救帝谢民粮。③

注释：

① 春花碧绿雪营康：此指苦荞麦在高寒地区的六七月时如春翠绿，花如雪海奔放，其营养益寿。

② 本草：此指《本草纲目》。性寒益气、降脂宽肠：皆指《本草纲目》中对苦荞麦的介绍。

③ 救帝：此指杨家将为救宋太宗雁门危难时，当地百姓向将士们献出苦荞，挽救了局面，被宋太宗誉为"天下第一荞"。

老茶缸

斑斑残影见沧桑，伴我儿孙记北疆。①
歇汗两襟饮日月，辛劳三代度时光。
红旗跃进辣酱饭，大寨河攻苦菜汤。②
一把茉莉依旧好，花茶痛快老哥香。③

注释：

① 斑斑残影：此指茶缸里外已经因碰撞掉瓷处的锈迹。我儿孙：此指这老茶缸是笔者父辈留下来的，并将继续传下去。

② 辣酱：此指大跃进年代的饭都没有什么像样的菜。

③ 老哥：此指老茶缸。

老泉煮茶

蓝田汤峪胜泉清，龙口盆潭鸟语鸣。
自带瓶装三斤水，聆听壶叫一茗英。
梅溪化雪燃香寺，山野放花牛背营。
醉作神仙随处卧，和风淑女在闲行。

注释：

　　曾去西安蓝天县东汤峪一大姐家做客。蓝田是温泉之乡，东汤峪更是汤名天下，古时为皇家浴场，今天已经开发为旅游胜地。历史上虽然清泉很多，经不住轰轰烈烈大力开发，离乡镇较近的泉眼已经干涸，半天才能接一壶。"龙口盆潭"便是一例，男主人带了大的可乐瓶，费了好大的劲才接了三斤泉水。又到梅溪寺接了一瓶水，兴致勃勃在家用泉水煮茶，笔者夫妇当然十分珍惜，闲品慢聊，很是惬意。别墅在山边，鸟语花香，后面则是名山牛背梁景区，大姐一大文人，做事讲究，家中文化氛围浓厚，当日过得温馨浪漫，记忆尤深。

偶遇禅茶

合十默拜玉观音，双手入泉动月轮。
一股山风过耳去，满屋香气透迷津。
依然攒着乡愁梦，已为清闲草木身。
旷野种茶二三块，红尘俱是看花人。

注释：

　　此诗成于蛇年秋后一下午，陪好友在终南看山，随意进了个峪口。只容小车过的弯道上向山里进发，心中揣着对面来车怎么错开时，拐过一弯，眼前猛地开阔起来，岔路口立一小庙。遂靠边停车，移步寺中，有香气扑面，似熟悉的龙井豆香味，满是亲切。合十拜佛，净心一会儿，养养气，定定神。寺前有小溪流过，山中晚月已在泉中晃动，自然就想到在杭州龙井山关于养猪、种茶的事。茶，草木矣，万古流芳。人，再有本事，最终也为草木入灰了。

◆茯 茶◆

追随移梦到池阳，满地茶砖盖大房。①
天泰云商今何在？嵯峨新政古风航。②
中轴直达丝绸路，原点周长四海疆。③
愿把真诚和唐韵，转赠万国各茶商。

注释：

① 池阳：即今天的陕西省泾阳县。

② 天泰：明清时期泾阳县大商号。

③ 原点：指位于泾阳县的中国大地原点。

茶园雪影

天女纷纷散雪花，檐梁鸟语话春茶。
向山一幕风情色，桥下浮沉戏水鸭。
抹去心头闲杂事，专攻圣者佛家芽。
殷勤只怕清明雨，路上泥泞道更斜。

注释：

有冬一日下午到茶园观色，正是下雪过后。眼前茶田上雪花疏影白绿相间，实是美景到心。虽在隆冬，因是南国，小风不冷，搓搓手，哈哈气，感觉挺好的。在茶园里绕着圈走走，说说乡里、村里和山上的话，便到村口。梁上燕语喜人，春茶在望了。门前溪水潺潺而流，有鸭啄水觅食，仿在春里，这样真是好看。

初懂柿味

绵柔爽口品新鲜，金色温和又一年。
高丽初识真知味，刘兄腊月送香甜。
泰山拓展新领域，茶界迎接老友前。
爽尿通肠三千里，杀菌清毒众人篇。

注释：

　　高丽，此指韩国人，陕西省富平县柿子常年出口韩国。很多人知道柿子好吃，不知其不可与海带、紫菜、酸菜、黑枣、酒、螃蟹等同食，又不知柿叶可以制茶。近年来，山东泰山某企业开发出柿叶茶，据介绍有利尿、通便、净化血液、抗菌消炎等保健作用。

问候闫战利

老友新辞与我聊，君心似玉雪中桥。
往来贺祝茶香事，前后相邀说好调。
午子清清漫山意，西乡切切老河谣。
二十春秋闯嘉业，九州同悦赴朝潮。

注释：

　　闫战利先生是陕西午子绿茶公司的负责人，笔者与之认识早相处的也好。他由正式公职人员的身份，二十年前辞职下海，勇气可嘉。二十年来午子绿茶早已蜚声海内外，在西北地区名气更是大。当下最需要的就是如他这样敢作敢当的企业家了。

茶 春

定军山上武侯春，野趣横生草木真。
荫谷杜鹃啼丽水，兰崖隐士作茗绅。
飞来小妹佳音翠，碰见老哥犁木新。
学作吼声牛不动，汗流脚下问茶人。

注释:
定军山在陕西汉中勉县城南5公里处，三国时期古战场，有
"得定军山则得汉中，得汉中则定天下"之美誉。定军山以三国时
蜀汉大将黄忠于汉中之战击毙曹魏大将夏侯渊闻名。武侯春是这里
的茶叶名。来此听山歌、学农耕是非常有趣之事。

千辛一乐为茶香

斤茶万次点头忙，苦煞帮工累倒娘。
歌里飞花春里翠，山中流汗夏中荒。
好奇远客惊佳丽，亲近乡音叹儿郎。
文采诗书琴棋画，水深路绕雨寒霜。

注释：

　　这是一首为茶诉苦的诗。从琴棋书画里，文人墨客中，影视茶艺上，都很难准确地反映出茶农的真实面貌和辛苦过程，以及这过程里的生命哲学和茶道中的完整哲理。茶，草木间的一片树叶，在这个世界上可是引来了很多的想不到。历史上的西域地区、内蒙、外蒙及中亚一带，曾达到了生活中不可一日无茶的地步；在我国有朝代开始，茶就成了朝廷和皇室的贡品；元、明、清时期，茶一直是纳税的主要商品之一，朱元璋当皇帝时，其女婿曾因倒卖茶税票而被赐死；茶马古道上茶贸易最鼎盛时期之一的中俄边境，索契茶交易引发了俄罗斯的商人干脆在福建、江西、湖北等地，直接采购、生产、运输和销售茶叶，轰动很久；英国因付不出茶叶贸易中外汇银元，竟然用鸦片与茶交易，进而发动了1840年侵华鸦片战争……如此种种，都是隐藏在这片树叶背后的真实往事。当下的茶叶市场依然风云突变。所以，每每想到此就有一种难以言表的念头，笔者赞美茶，深知茶的艰辛不易，道路的曲折难走。她虽然幻化出无数个动人的故事和传说，但她就是片树叶，大自然馈赠给这个世俗的一份礼物。为此笔者将继续书写她的真实面容与心境。

颂谷雨^①

一叶报春谷雨芽，高天绿树扯烟霞。

云端飘落观音叶，眼里飞出黄帝花。^②

遥想西南古风驿，近搬渭北茯砖茶。^③

哪来鸟语议明月，雾气朦胧裹面纱。^④

注释：

① 颂谷雨：是对茶的赞美。春茶中最数清明和谷雨期间的茶上乘了。近年来，许多春茶被高拍至上万元一斤，有的达几万元，甚至于十几万元一斤，足见春茶被看好。

② 观音叶、黄帝花：此处皆指茶。

③ 西南古风驿：是说茶马古道上云、贵、川一带的中转驿站。渭北：是西安北泾阳县一带，盛产茯砖茶。

④ 雾气朦胧裹面纱：是说砖茶生产过程中蒸煮时的状况。

❖ 唐 茶 ❖

香飘万里大唐茶，碧绿追踪到我家。

丝路放歌异乡曲，秦岭牧笛共云霞。

东方论道神奇叶，西国盛传绝妙芽。

今世依然梦不断，清雅素面报天涯。

注释：

盛唐时期的中国茶如盛唐胜景已广为传世，广为周边邻国、中亚西域以及西方诸国所崇敬。在通往罗马的大道上无数个商旅团队，正带着中国的丝绸、瓷器、茶叶等稀罕物品，随着马蹄声声和悠扬的驼铃声，消失在长天一色里。茶在日本论道，在西域传唱，在秦岭里生香。她就像大唐的繁华市井让人魂牵梦绕，久久不能离去。

唐风茶韵

自古紫阳出贡茶，嘉陵谷雨种桑麻。①
秦砖汉瓦刘郎寺，暮鼓晨钟雁塔家。②
十里长安城醉客，千年德福巷庭花。③
游来品鉴茗妃舞，汤浴华清骊道斜。④

注释：

①　紫阳：此指陕西省安康市紫阳县所产的紫阳富硒茶，紫阳贡茶始于东汉末献帝年间。嘉陵：此指长江支流嘉陵江，源头发于宝鸡市天台山秦岭山间，经陕西、甘肃、重庆，注入长江。

②　秦砖汉瓦：此指现在西安品茶场所多半是仿古建筑，秦砖汉瓦最为突出。刘郎：此指唐朝诗人、文学家、哲学家刘禹锡，与白居易并称"刘白"。寺：此指唐时长安的玄都观。刘禹锡有诗，"玄都观里桃千树，尽是刘郎去后栽。"家：此指西安大雁塔周围的大小酒家茶馆，生意十分红火。

③　德福巷：位于西安市城墙南门内向西一巷子，目前是西安市较为繁华的酒吧咖啡饮茶一条街。

④　茗妃：此指茶艺姑娘。汤浴：此指西安临潼华清池，也是著名的娱乐休闲场所。骊道：此指临潼骊山。

题"泾渭茯茶"

轮回日月是佛缘，迭垒春秋百折镌。

巴蜀波峰青绿谷，咸阳古渡锈红渊。①

纪周方略应天意，鸿渐行德化圣泉。②

回首金花谁点种？归来陋室溢香传。③

注释：

① 巴蜀：此指茯茶的原料之地。咸阳古渡：是长安八景之一，砖茶经常通过此渡口西去。锈红：是茯茶煮后之色。

② 纪、周：此指咸阳泾渭茯茶公司的两位负责人，即董事长纪晓明、总经理周长生。鸿渐：此指《茶经》作者陆羽的号。

③ 金花：指茯茶之特别生长出的金色菌花。

题杯诗

朝来绿叶晚归红，闲读茗泉陋室空。

谷雨朦胧圣茶树，重阳温故汉家翁。

曾经鸿志云烟里，只记殷勤汗水融。

端起猛然似牛饮，正襟扶笔写英雄。

注释：

杯，办公室常态之物，泡茶的杯子。天天绿叶入水成茶喝，清贫恬淡的日子久了也烦，唯见杯中之色能幻化出新的意境来。联想着山里的树之神奇，和市井里老人们发黑生锈的铁瓷缸，每每飘出缕缕云雾，与就着纸烟的惬意，便也愁去神来了。

西市茶楼①

雀舌云冠汉瓦收，紫阳碧水下江洲。②
剑枪林立清风竹，笔墨长吟醉客楼。
四面宫墙鸣翠柳，三弦古瑟唱媒婆。③
无缘嫁女秦商后，一社茶员半叫愁。④

注释：

① 西市：此指古长安的大唐西市，史料记载当年十分的繁华。

② 雀舌、紫阳：都指茶叶。江洲：此指汉中和安康汉江流域，古长安的茶叶都由此而来。

③ 三弦、古瑟：都为乐器名。

④ 此句是说当时秦商多而富，有女嫁秦商为荣，茶客们喜欢谈论。

心 愿

千滚万揉当雪思，三月狼烟救苗迟。

破晓撞钟许个愿，青牛何处奋蹄驰？

江无清澈划旱船，集有花灯难作诗。

东风已吹春枝绿，请君借问雨何时？

注释：

三月本为阳春时节，踏青赏花观雨。然持续不见微雨下来，苗在渐长，难见茶上，四处求雨抗旱。龙井大为减产，市价高涨，多少茶农叫苦连天。身在西北，心在树上，杭州城西的狮峰、虎跑和梅家坞等地像是着了火地高烧着大地。爱茶之人更是焦虑哀叹，写了这拙诗来表达心中的委曲和对天的敬畏。

新茶客①

酒足临风赴棘堂，宫墙名士入书房。②

佳人鸟语胭脂厚，店主禅声汉服装。③

半座江山一壶秀，盈锋岁月断愁藏。④

巅峰更遇春雷剑，血汗三年转紫阳。⑤

注释：

① 新茶客：当下能端坐静心喝茶品茶者虽不少见，但多半伴有不少娱乐或商务活动。这里新茶客主要指当下那些商务茶客。

② 棘堂、书房：当下时髦的饮茶场所，虽然布置得文雅清秀如书房，但一杯一壶茶的价格惊人，茶堂如棘堂。

③ 鸟语：茶艺者迎客时的话多半是"阳春白雪"，如天堂籁音。

④ 半座江山：虚指一壶茶价。盈锋：茶价如刀刃。

⑤ 巅峰：此指请客消费高峰。春雷剑：一指茶，二指商场如战场。紫阳：此指故乡，盛产茶叶。

❖ 醒 悟 ❖

无事心沉乱皱头，华灯无月上新愁。

冷风绕过残香去，寺外名声意念修。

小庙哪有茶敬客，高僧只要草中秋。

破涕一笑菩提下，竹影梅花江水流。

注释：

醒悟：人在迷惑、迷茫时，偶尔因素可使其幡然清醒。在打禅修行的过程中，类似这样的故事颇多，有时一只碗突然掉到地上的碎瓷声，使其醒悟了；有时在你发呆时，突然有人大吓一声，你顿时醒悟了；有时一盆冰水陡然间把你从迷茫混沌的世界救出了苦海，等等，不胜枚举。此诗是笔者通过对茶的认识来解读禅界使僧醒悟、顿悟的感悟。无数僧人在日复一日的修行打禅过程中，对为什么要出家当和尚？什么是禅？多少年、甚至一辈子都没有弄明白，但在偶然的霎那间因为一片树叶掉在自己头上等因素而彻底醒悟。茶具有清、静、俭、和等特点，僧侣们多半要在夜半诵经默读，茶刚好有提神醒脑之作用，所以庙不论大小，皆鼓励大家茶后念经思考，夜阑寂静正是醒悟时。

药王茶（二首）

一

朝迎甘露晚收霜，太白金银降压强。

药圣采风尝百味，神医妙手煮三香。

蔷薇旺族添新贵，草木寒山野性狂。

通络腊梅天造就，传承两用众良方。

二

高山流水列寒疆，口入温馨淡药香。

壶面梅花姿渐展，杯中浮影色增黄。

久居太白禅意定，初上中堂孝义长。

南北山珍同品鉴，东西佳话共收藏。

注释：

　　笔者认识宝鸡市太白县药王茶公司老总许建强后，了解到他的产品原料来自于太白山主峰。药王茶是由一种叫做金腊梅和银腊梅的木本植物，加工而成的保健饮品，具有很好的健体强身效果，市场声誉好，且发展潜力也大。有感而发，特作药王茶诗两首。

　　"太白金银降压强"：是说此茶具有降压效果；药圣和神医指孙思邈和扁鹊；"蔷薇旺族添新贵，草木寒山野性狂"：是说金银腊梅属于蔷薇科植物，其性较为强烈，入药做茶都有较深的疗效；"传承两用众良方"：是指此植物既可入药又可做茶；"壶面梅花姿渐展，杯中浮影色增黄"：是说该茶入汤后把梅花之美渐渐地展现开来，而杯中的颜色也逐渐地呈现金黄的汤色了；"久居太白"：是说生长的环境一直在秦岭主峰太白山半腰以上的高寒地带；"初上中堂孝义长"：是说这种保健饮品既可当药治病，又可作茶长期饮用健身，还是孝敬老人的极好之物。

◈ 夜 茶 ◈

暗香浮动入书融，拂面氤氲满室空。
月上朦胧视灯佬，深更清醒悟修翁。
一壶润笔文章费，三水轻松半页工。
妻把莲子点心上，湖光愁绪过江鸿。

注释：

　　此诗灵感来源于北宋文豪欧阳修的《秋风赋》，夜读闻风悟人生之思。夜间饮茶容易失眠，已有《醒悟》诗所指。但如需要聚精会神地夜间读书，茶又是最好之物。所以诗中道出茶对笔者的"暗香浮动入书融，拂面氤氲满室空"惠顾之功，也不用悬梁刺股了。"妻把莲子点心上，湖光愁绪过江鸿"句是谓此时正感饥肠辘辘，妻子把莲子羹和点心端来了，书中入茶愁绪霎时成了过江之鸿了。

一叶知春

翠芽突破立旗枪，一叶知春青涩香。①
满怀豪情上山去，兴高采烈把春望。
千揉万捻折腾余，三泡四冲惊醒郎。②
不管佳人追虎跑，只当壮士赴疆场。③

注释：

① 一叶：此指茶叶。旗枪：指茶入水后的形状，如旗似枪。

② 千揉万捻：是谓做有关茶叶时炒茶师的动作。三泡四冲：是说春茶在三泡四冲时具有较强的惊醒力量，易使头脑冷静。

③ 虎跑：此指浙江省杭州市虎跑山。此山采茶时节与龙井相当，与狮峰山、龙井山和梅家坞共为西湖四大名茶山，每年春茶开采时便有大量茶亲来此品茗。

咏《茶是故乡浓》

忍辱有为做方茶，世故人情险恶涯。
山地妹雅香野气，佛前母女好当家。
传承清静温和业，品味甘甜苦涩麻。
相处民风无异族，千秋共度一天霞。

注释：

此诗成于笔者观看电视剧《茶是故乡浓》后，对该影视作品的体会。茶虽有清、静、俭、和、雅之特点，但她一旦走入商品市场后，就沾染了市侩和尔虞我诈，包含着人间的悲欢离合和喜怒哀乐。该电视剧正是反映了我国明清时期广东地区方家祖传做茶的故事。

咏新茶

清明掫过盼春霞，恨负年轮不着家。
紧泡新欢平淡月，难求知己故怨爷。
鹅黄嫩绿毛丫涩，青袖端庄闺蜜纱。
最忌高温二茬水，周公解梦小浪花。

注释：

　　这是笔者对新茶的一首赞美诗。因为掫过清明就开始采茶了，对茶亲们来说这是最美时节的开始，所以恨负年轮不愿着家。偶尔得到一点新茶赶紧泡，生怕好事跑了。那鹅黄嫩绿青涩小芽在不能太开的水中渐行渐绽。

与茗对话

人家叶翠向秋长，君子逢春遭此殃。

别问千年流水事，生来只为作茶汤。

清心寡欲僧人夜，欢乐浓香酒肉房。

归去来兮命中定，自然丑秀不怨娘。

注释：

茶叶的生命在哪里？笔者颇为伤感地觉得，当大地回春、姹紫嫣红时，其它的绿叶都追随着阳光，鼓足了劲地向上猛长，而只有茶叶才出一二芽就被采摘走了，至此自然的生命结束了。这是多么得不近情理，又是多么得可怕！想到此就要说几句话来安慰她。千百年来，她的命运一直被这样安排着，也只为壶、杯、碗勺中一色的汤；在清静的夜里，她是僧侣提神的兴奋剂；在市井生活中，她是人们交际的媒质，来时归去都是命中注定。唯有那些读懂了茶的人，才十分珍惜地在另一个时空中延续着她的生命。

圆梦茶

九洲皆种我家茶，腐石频开古树花。
千揉万捻窈窕梭，翻来覆去月圆霞。
凉棚翠竹兰亭序，红叶袈裟暮鼓涯。
浩浩东拓神叶路，漫漫西进异乡葩。

人在草木间

陕西茶文化丛书

116

注释：

茶是精灵，引领着清静和雅俭的人们在大地上播种，在沙砾腐殖上茁壮地长着，接受着雨露阳光和寒冬腊月的洗礼，展示出窈窕的身影使知音者神迷执着。她在炒茶师傅的铁掌里腾云驾雾地把生命延续，然后默默地入凉亭、袈裟和晨钟暮鼓里，也或浩荡东去扶桑故里，也或漫漫西进丝绸之路，惠及异域城邦，圆上芸芸众生的饮茶之梦。

❖ 致观音茶 ❖

寒蝉惊座叶收香，热酒凉杯羞自强。
玉兔徘徊半空里，蟾蜍犹豫一轮傍。
幽泉怜影高雅色，碧水行舟佛手娘。
挪步轻盈秀风至，莺声点语化秋场。

注释：

  此观音茶并非专指某茶，而是笔者对以观音名义作茶的极大赞美。观音菩萨是芸芸众生心中一座集善良、唯美、崇高、大智、神往之佛。她有明月般冰清玉洁，玉兔的灵性，蟾蜍的智慧，散花的雨露，她的高雅、素颜、轻盈和行云流水般风范是至高无上的。茶，虽为一片树叶，却赋予无限的神奇，浓缩了禅的智慧和精神。她在山如观音，在水如观音，在理如观音，在行如观音。茶同样充满善良、唯美、崇高与大智，令人向往。作此诗完全是对观音和茶的赞美与感知，只不过一轮虽在当空，却难以准确表达出对她的神往之切。

致中科院陆尧主任

杭州一别入龙年，悉数佳言在耳边。

贤达秦山吟胜地，庶民担贡孝毫尖。

湖南绝技咸阳转，福建贾商汉水捻。

雀舌南英邀君品，定军茗眉赛神仙。

注释：

农历辛卯年秋季在杭州茶叶国际博览会期间，于陕西茶企展位上偶遇中科院茶叶研究中心主任陆尧先生，与之交流间得知其对陕茶较为了解，并给予很高的评价。尤其是对陕西传统茶文化更是赞不绝口，如丝绸之路、茶马古道、紫阳贡茶，及法门寺出土的茶具。在谈到湖南益阳安化黑茶制作时，有陕西泾阳茯砖茶历史的变迁之故；又因所在展位是在陕西安康做茶的福建一家人，故有"福建贾商汉水捻"之说。我们盛邀陆先生方便时到陕西商洛、汉中来品茶和指导茶产业的发展，此"雀舌南英邀君品，定军茗眉赛神仙"为之言。

中国茶

巍巍华夏女娲乡，炎帝扬汤百病康。①
嘉木成林巴蜀秀，醴泉滋水武夷芳。②
江河叠浪重舟过，勐海三千野树昂。③
造化秦唐万家福，传播异域众生强。④
布衣酣畅观音露，宾客轻言雀舌郎。⑤
龙井湖边贤达聚，茯砖炉上读经忙。⑥
仙毫几笔文章翠，皇菊纷纷古道昌。⑦
淡淡一杯话清静，深深数语苦衷肠。⑧
洋枪血泪丝绸恨，烟土白银爹命亡。⑨
兄弟悲歌烽火急，师生作伴破街殃。⑩
青山馥郁云霞秀，壶影浮沉岁月黄。⑪
碧绿东西芽劲舞，润红南北玉疯狂。⑫
旗枪挺立丛林谷，枝叶纵横阡陌疆。⑬
品鉴甘醇议神色，验测元素定沧桑。⑭
擂台拼搏高低技，展艺耘香七碗汤。⑮
共享皎然诗情意，逍遥茗界佛心祥。⑯

注释：

① 女娲：取自女娲补天神话故事，此又指陕西安康汉水女娲

银峰茶叶。"炎帝"句出自神农氏传说，曰神农日尝百草中七十二毒，茶解之。又曰神农煮汤茶落其中，治百病。

② 嘉木：出自陆羽《茶经》"南方之嘉木也"，南方则为巴蜀之地。武夷：此指武夷小种页岩茶。

③ 江河：此指长江和黄河。重舟：指运茶船只。勐海：云南省勐海县。野树：指在勐海新近发现的大批古茶园。

④ "造化"句意为茶发于秦成熟于唐，并通过丝绸之路运往他国，造福万家，强身健体。

⑤ 观音、雀舌：此皆指茶叶名。

⑥ 茯砖：黑茶的一种形式。经：此指陆羽的《茶经》。

⑦ 皇菊：此指江西省上晓起村陈文华教授培育的婺源皇菊。

⑧ "淡淡"、"深深"：指茶色的深浅，此句意为茶能使人清心寡欲。

⑨ "洋枪"句指鸦片战争给我们带来的恨和难。

⑩ "兄弟"句是内战时期的悲情写照，连喝茶的街道也不得安宁。师生：此指当时西南联大的老师和学生。

⑪、⑫ 这两句是说我国改革开放后，茶叶发展方兴未艾。

⑬ 旗枪：此指茶叶的形状。

⑭ 品鉴：此指品尝和鉴定。验测：此指出口茶叶常常遇到的农残和重金属指标问题。

⑮ 擂台：此指斗茶表演的一种形式。展艺：茶艺表演。七碗：此指唐代卢仝的七言古诗《走笔谢孟谏议寄新茶》中一部分，描写七碗茶意。

⑯ 皎然：唐代的诗僧，陆羽的挚友，多有茶诗。

砖茶古风吟

碎铁半分炉火红，瓮中茗叶任我融。①

滋滋珠眼成串上，咕嘟正好送东宫。②

周礼沿着泾河跑，汉唐威武古秦风。

青牛已随方舟去，神农采药把身躬。

金花纵然腊梅姊，菌冠依旧潜藏中。③

吹来寒霜冰天雪，笙歌箫月篝火熊。

再论将士戍边事，不离池阳一砖忠。④

一碗发汗明双目，二碗提神去做工。

三碗通畅无滞气，四碗舒筋脉玲珑。

五碗入仙飘飘然，六碗腹饥犯空矇。

注释：

① **碎铁半分：** 此指把茯砖茶敲一小块放入炉上壶中烹煮。因茯砖茶是紧压茶，每次使用都必须用专门的工具来敲。

② **珠眼：** 此指烹煮茶开始时有成串的小水泡往上窜，这小水泡就叫珠眼。**东宫：** 此意指尊贵的客人。

③ **金花和菌冠：** 此都指茯砖中的金花菌。

④ **池阳：** 此指古时候的陕西省泾阳县。

草汤疗伤

口赠富贵向三高，愁到红霞惹树挠。
本草入书知野性，药方出店信离骚。
一年不断洋参片，四季多疑朽木刀。
绞股作茶小蓝好，云开碧绿使双螯。

注释：

　　"口赠富贵向三高"是说随着百姓生活水平的不断提高，又缺乏保健常识和自觉锻炼的习惯，"高血压、高血脂、高血糖"等三高症状也大步走向了市井之徒之中，当下正是各类保健品充斥市场的高峰期，大有使芸芸众生不知所措之困惑。茶，在炎帝的生活中，曾有日遇七十二毒得茶而愈之的传说，茶即为今日所言之茶。在陕众多的保健品中，可谓以茶、绞股蓝、洋参、龙须草等中草药为上好的饮品，草汤疗伤具有更加灵验的保健效果。即为作此诗之意义。

茶

一叶真谛百世空，晨吟莹露晚呼风。

小青追问甘红妹，铁面何称仙老翁。

无限炊烟绿林过，唯留佳茗页岩中。

传来异域浓香味，怎敌神农半勺工？

注释：

这是一首纯粹写茶的诗。"一叶真谛"可谓地道，诠释了茶的全部精神所在。"小青"是陕青茶，"铁面"是老陕砖茶，"页岩"是茶中最为上等的生长环境。由此而出的茶已经远销丝绸之路和西方多国，事实上这些也只是炎帝神农保健小饮而已。神农之伟大，茶之清静和雅俭，是难以用一两首诗能够道明的事。

茶 道

自摘谷雨二芽亲，炉火煎泉话故人。

上座中和温理气，先礼润色敬佳宾。

高山流水禅家地，古乐阳关雀舌春。

疏浚耘耕常碧色，红汤摇曳浴香珍。

人在草木间

陕西茶文化丛书

124

注释：

  茶道在哪里？日本、台湾？还是其它地方？皆不是，也都是。华夏可谓茶道之先祖，没有我泱泱茶道，何以传遍他国他乡呢？茶道在我国有几千年以上之史，其变迁沿革有着极为深厚的学识哲理。仅茶在佛道两家就可追索西周之远，从陕西之黄河中上游出土大量珍稀文物来看，茶修、茶文、茶思及众多茶具的诞生就可以看出茶在这片土地受宠和对世人的影响。尤以佛、法、道、仕等领域的先贤们对茶如此专注和痴迷，他们在日常生活中总结形成的茶理、茶道，用尽天下山水也很难描绘得清。日本也好，台湾也好，以至于东南亚及西方之域的五花八门所谓茶道，都是这样环境里的旁溪、支流和边缘之学，且常呈"走火"之嫌。日本茶道过于拘谨，尤失大气；台湾虽为同宗，其茶道文化传承有经典之处，但在许多道场现繁琐，也做作，虚荣过饰。近年来，国内尤其在东南沿海和省会都市的茶文化及茶道传承发展较快，可喜之处是群起的中青年茶文化和对茶道的认识、布道、茶艺表演、茶具朴拙程度，既有复古之样，又增创新之处，也吸纳了日本、韩国、台湾及东南亚和海外华侨许多长处，融入茶的博大精深之中。所言"谷雨二芽"、"炉火煎泉"就有道不尽的奥妙和诗不完的情意。"中和"、"理气"、"敬佳宾"，这就是茶的精神、气质、文化和高雅之处；"高山流水禅家地"、"古乐阳关"，这些都是茶的产地和流动遗迹，她从高山流水处僧人的汗水里，禅家茶园里，沐浴着自然的光和热、雨和露，带着悦耳的声音，走过阳关，走进丝路，把碧色和甘甜浸润的红汤送进万家灯火中，这是她的归宿，她的道。

心系春头忙采茶

春来忙采旧时茶，莫让明前蛛舞纱。
尽管枝头寒露重，依然手下热情嘉。
一年首入辛勤果，余日还收百变花。
山里风光清澈水，鸡鸭迎客待鱼虾。

注释：

　　雨水已过多日，惊蛰兵临城下，采茶日子已经屈指可数，也是茶农们喜出望外、翘首以待的开心时刻。尽管山里的野风晴时温暖柔和，阴雨时却也春寒露重，但孕育了一冬的新芽露在枝头，手心痒痒在旧时的故事里，辛勤劳苦的成果指日可待了，心底欢乐无比。随着观念的转变和技术的成熟，夏秋采茶制茶也为陕西茶农创新了收获和别样的天地。加之山乡水乡"农家时尚游"的热潮掀起，山水经济成了推动社会发展的新趋向，鸡鸭迎宾，鱼虾待客，和睦相处。上班路上偶然兴致勃发，记了当时愉悦的心情。

功夫茶娘

凝神养气入禅堂，净手眉开展袖妆。
一对白莲花绽放，三只紫陶鸟呈祥。
春风徐徐杯中落，夏火团团炉上香。
龙井佳音吟陆语，仙豪座客赞茶娘。

注释：

　　这首诗描写了茶艺姑娘精湛的柔美艺术。茶艺万千，达到"凝神养气入禅堂"是一种境界，一门学问。春风徐徐，夏火团团，吟陆语，莲花绽……展示着茶艺姑娘手到、眼到、心到、神到和美到之缘，看在眼里，品在嘴里，悦在心里，赏在神里。

❖ 茶乡古今 ❖

几代家人种薄田，一筐茶叶值多钱？

星屋探月墙泥落，虫柱巢梁瓦片怜。

单凭涧溪流野径，空闲梅竹待峰巅。

清风不停飞山外，雷雨接连驻地咽。

扩转荒坡几分地，做成宏业万亩篇。

耘耕朝暮激情话，潇洒春秋赞美缘。

不怕饥肠耽搁饭，只愁忙碌误时天。

精心揉捻按程序，洁净装潢执续弦。

南北风光囊货实，东西景色脸庞鲜。

高楼群立丛林里，祥瑞新茶欢笑前。

注释：

　　充实的生活总是可爱的，古今种茶也是这样的美好，也是这样的故土难离。几代茶人就这样在几分薄田里四季耕耘，挑担茶进城去，换来的苦乐还是回到朝思暮想的茶园里。新茶人有了万亩茶园，甚至几万亩茶园，管理的方式也发生了很大的变化，生活也更加富裕了，但是对茶的感觉一点都没有改变。虽然采茶、做茶、销茶依旧饥肠辘辘，汗流浃背，但他们对茶的依赖和眷恋，是常人们难以理解和体会的。

茶 香

秦巴朝暮意空濛，万顷富硒碧绿葱。

禅雨芬芳淋老树，祥云普照洒新丛。

三桶莹露山泉换，一担仙芽女儿红。

壶里玉黄冲滚浪，扑来清澈满堂风。

注释：

茶香无限好，心悦百事通。秦巴的朝暮，富硒的碧绿，有禅雨，有祥云，是多么得惬意美好。仙芽来了，山泉冲泡，看着滚浪中的玉黄美色，迎着扑面而来的清澈和风，是一种享受，一种意境，一种快乐和一种期待。享受茶，享受生活。

茶心水知

一把壶养数片芽，玉泉甘露照奇葩。
昆仑雪菊冰清月，东海扶桑火树麻。
不夜侯王风雅颂，打禅坐客赋英华。
山歌好比春江水，浅卧云烟待晚霞。

注释：

不夜侯：茶的雅号，出自西晋张华《博物志》，称"饮真茶，令人少眠，故茶美称不夜侯，美其功也。"

茶之苦

浴霜沐雪一隆冬，阵痛破春出翠峰。

晶露初干抢旭日，蓝裙勒紧赶时钟。

花开花落三千叶，手重手轻六指农。

熟视茗山不觉秀，只嫌热血贱相溶。

杀青水气云蒸雾，劈柴烧锅月问踪。

夜半空空铜铁响，五更乏乏带鞋慵。

条鞭珠打慢慢熬，吹绿晕红点点冲。

注释：

茶之苦是多重的，有冰风寒冷孕育之苦，有旗枪破茧之苦，有带春离枝之苦，有被搓揉抓捻之苦，有被炉火烘焙之苦，有被铁掌翻炒之苦，有被腾云蒸煮之苦……甚至有有不被理解之苦，难以尽言。大有孟子"故天将降大任于斯人也，必先苦其心志，劳其筋骨，饿其体肤，空乏其身，行拂乱其所为，所以动心忍性，增益其所不能"之苦矣。故茶虽为叶，确又不同一般树叶之叶，她历练的过程就是成长、发育、养气、养心、养智、完美之过程。从此有了大爱之美，大慧之能矣。

禅 茶

直上云天拜草堂，怒风倒问莅何方？
燃香隐者瓜棚下，欲话生人木讷旁。
溪水翻滚糊面团，葫芦破瓢挂烟墙。
幽兰空谷秦太白，送别红尘活佛郎。

注释：

禅茶一家、一色、一味……有众多关于禅茶的故事和传说。茶有和、雅、清、静、廉等美誉，禅也同样具备这些慧能精神，故有茶禅一家之说。诗中所言草堂谓西安市西南的草堂寺，高僧鸠摩罗什曾在此译经、讲经并圆寂于此，后人将其与玄奘、不空、真谛视为我国历史上四大著名译经高手，主要有《大品般若经》《小品般若经》《妙法莲华经》《金刚经》《维摩经》《阿弥陀经》《首楞严三昧经》《十住毗婆沙论》《中论》《百论》《十二门论》《成实论》及《十诵律》等，他是典型的禅家代表。草堂寺位于秦岭山麓，风轻月朗，经年香火旺盛，拜谒络绎不绝。《空谷幽兰》的作者访遍僧侣足迹，最后在秦岭终南山发现，这里是全世界隐者主要栖息地，更是修禅悟道之胜地。手持本经，对空一杯茶，面糊、瓜瓢、炊烟送走一缕红尘，我在山中，禅在心中，禅矣茶矣。

但爱绝茗有人夸

一方水土一香茶，绝处耘耕是我家。
偏爱山泉滋个性，衷情雨露伴云霞。
老夫探寻有机路，小女研发保健芽。
莫问尖尖何值贵，为君采录在天涯。

注释：

　　此诗着重描写了偏远茶区种茶人的生活情景，扩大规模种植茶叶是上世纪九十年代末的事情。之前山区人种茶都是一窝一窝的，在陡峭绝壁的空地上，靠着山泉、雨露和云霞的自然沐浴养成，采摘时极为艰险困难。随着新技术和管理被山区县乡逐渐推广，规模化经营也在悄然进行；土地流转的利好出现，更是加快了种植面积快速扩大。人们对有机茶叶的需求也在不断增强，新一代农人开始向茶园追寻更高的要求和境界，新型的保健茶品呼之欲出。清明、谷雨春茶更是在超乎寻常的文化氛围中，掀起了价格的竞争。然而那些执着的、靠天生成的老树茶，依旧是老茶农的热爱，他们艰辛劳作，为你采录着山野里最为珍贵的叶子。

读玉洁

梅花三弄七弦音，寒水冰峰雪点睛。
祈福五洲风劲舞，颂歌四海乐柔情。
雄辉塔影传禅语，天籁钟声佛道明。
试问一轮浩瀚月，周公梦寐也轻盈。

注释：

　　梅、弦、冰、风、海、塔、禅、钟、道、月和周公与梦间多有为茶贯通与融合之意，这便是玉洁。她们表现的意境与氛围是茶固有的特性；她们展现的风采和儒雅是茶自然的结晶。茶声、茶歌、茶曲、茶诗、茶文、茶理、茶艺、茶图等无不融汇相通，诗人欲表达的是对茶的敬畏和崇尚。诗中虽无茶，但又无处不在示意着茶的灵动、茶的风雅、茶的理念和茶的和声。

春茗香田

三叶报春香谷芽，映天碧日带烟霞。
云端飘落观音雨，眼里飞出炎帝茶。
遥想西南古风栈，新游渭北老高家。
夜来鸟语相邻月，石上清泉响彻蛙。

注释：

三叶报春是说这时采摘的茶叶相对饱满充盈，香味较浓。三月的雨是观音雨，也是观音茶，也是炎帝茶。能想象出这时祖国边陲大西南，也正是采茶旺季，古风栈道上飘然着青涩的茶香；在古城西安的北边泾阳古镇上，也正是做茶开工之时，夜来的鸟语是温情的，相邻的月是柔美的，听着石上的清泉和亲切的蛙鸣，家是浪漫的。

葬茶汉景帝^①

惊天展示汉时茶，景帝黄泉续玩芽。^②
可见神农得茶后，迎来蜀地贡心嘉。^③
九州共饮隋唐露，华夏齐摘大宋花。^④
从此远行西疆月，寰宇笃爱似东家。^⑤

注释:

① 汉景帝：是中国历史上西汉时期执政于公元前157年—公元前141年的第六位皇帝，在位16年，是位非常开明的君主，为百姓减税负、为狱囚减刑罚，并削弱权贵势力。他与其父汉文帝并称为盛世"文景之治"，为其后汉武帝一统天下打下了坚实的基础。

② 此句是说公元2015年1月12日搜狐新闻网报道，中国社科院研究人员通过研究茶叶表面绒毛间的微小晶体并利用质谱分析法，得以搞清在汉景帝陪葬物中叶子样的东西实际上是茶叶，距今已经2150年了，并将研究成果发表在英国《自然》周刊下属的开放网络科学杂志《科学报告》上。伦敦大学学院中国文物和考古学国际中

心主任多里安·富勒教授说：“这项发现表明，现代科学能够揭示以前不知道的中国古代文化的重要细节。在这位皇帝的墓葬群中发现茶叶一事让我们难得一窥非常古老的传统，使我们对世界上最受欢迎的饮料之一的起源有了新的认识。”

③此句是说神农尝百草日遇七十二毒得荼而除之的传说。蜀地在武王伐纣后开始向周天子纳贡，其中有茶。这说明种茶饮茶在当时秦岭以南广大地区已相当普遍，尤其是巴山蜀地及西南多地的百姓，以茶代菜，以茶代药，以茶代水及以茶待客活跃在民间。茶叶的神奇功效及老百姓对茶的热爱上升到一个新的境界。

④此句意为茶至隋唐已是“九州共饮”之物了，更不必说大宋王朝了。

⑤此句是说茶的神奇，不仅对我华夏影响深远，还因其奇特功效，为古丝绸之路沿线大小国家的老百姓带来了福祉，成了无数民族必备之物，流传着“宁可三日无肉，不可一日无茶”的神话。

唐华茶宴

茶香迎客聚唐华，炉火蒸腾神秘纱。
隔壁福音多保佑，眼前笑语赞奇葩。
硒中美味真人品，碗里佳肴老陕夸。
六骏横空归隐去，三阳开泰紫阳家。

注释：

有茶饮、茶点、茶水，茶宴则是创新。西安唐华宾馆与紫阳午子绿茶公司创意了一台茶盛宴，使原本富含美味的锅碗瓢盆增设茶香、茶汤、茶色、茶品，让隔壁的雁塔禅音和墙外春晓园绿树繁花，围绕着和雅清香的佳肴，为市井凡俗送上别致的享受和健康。期间正好羊年到来，真所谓"六骏横空归隐去，三阳开泰紫阳家"。

夜雨秋叶沉

一夜秋风带雨巡，浅听鸟语闹清晨。
仲秋白露天和美，阳错阴差离别亲。
惊恐满街车马龙，珍惜粉巷客家人。
焚香拜佛烧壶水，泡块砖茶接市绅。

注释：

　　"夜雨秋叶沉"真实地展现了重阳时节的偶然景致，天又放晴，带着清晨的雨露和昨夜的湿气，鸟用动人的声音诠释着夜间的心声，新晨柔美的阳光洒落在古城的街巷里。当前的车水马龙与诗人的"遍插茱萸少一人"的悲伤形成完美的对照。西安南大街的粉巷和顺城巷的炊烟是仲秋白露天的唯美。老屋传承的故事和新人，正翘首着光顾的远方之客，焚香拜佛是新巷人的待客之举，与秦砖的城墙、汉瓦的门楼相对而出。这里曾经是儒释道的中心和胜地，让你疲惫的旅途在此释放市井的"枷锁"和"镣铐"，感受飘然入梦的茶香，和茶香里久违了的盛世风范与都市古风。

茵陈与枣芽

老友新朋评点芽，白蒿精气制奇茶。

放眼满地神仙草，香口小饼王母家。

肝胆相和清目热，菊梅互动带烟霞。

齐民要术养身健，可下黄河逮鱼虾。

注释：

　　唐代诗人孟郊的《游子吟》中有两句诗是这样写的："谁言寸草心，报得三春晖"。寸草为远行的儿子，春晖为温暖的母爱。这两句美语可谓道尽了天下所有母亲对儿女的钟爱。眼前的茵陈茶，虽为野草，对她笔者却有着另一番理解和偏爱。茵陈草是一种极为普遍的野草，叶子很像秋菊，生于旷野、山坡、路旁、河岸等湿润沙土地。有点阳光，偶尔下雨，她就长得十分的喜人、好看。若长在向阳、土层肥沃、疏松、排水良好的砂质土壤上，就会长得蓬勃茂盛，绿海一片。因对其习性不了解，小时候打猪草，以为别人没有发现，如获至宝地割了一大篮子，奔回家去，却被表哥表姐奚落了一番。后来才知道这东西味苦，一般牲口不吃。之后就置若罔闻了。

新近茶人联谊会的星海会长向笔者介绍了大荔县"常欣赏"长胜先生把茵陈制成保健茶的事，又让笔者对她起了敬佩之心。赶紧百度找"茵陈"。原来在东汉年间，神医华佗就曾有三试青蒿退黄疸的故事。二千年来她一直是极普通却又极珍贵的一味中药，其性苦，具有利胆、舒肝、降脂和退黄疸等多种疗效。他还编了歌供后人借鉴："三月茵陈四月蒿，传于后人切记牢。三月茵陈治黄痨，四月青蒿当柴烧。"茵陈这种用"寸草之心"对人间赋予的大爱是我们常人难以想象得到的。这也就是笔者对她的偏爱和理解。她像慈母一样，用博大精深的爱对我们这些芸芸众生送上了温暖与关怀。并且她还具有"野火烧不尽，春风吹又生"的顽强精神，这种自然之美对我们唯一的奢求，就是尊重她、爱护她，有效地利用好她。长胜先生有着与常人不一样的智慧和毅力，愣是把这牛羊不爱吃的蒿制成了万家灯火的保健饮品，着实是做了件甚好的事。我们来帮助他宣传和推广，是件非常有意义的事情，应该做好。

这是一个创新的年代，长胜先生不仅创新了茵陈茶，还创新了枣芽茶，红枣是家喻户晓的滋补品，用嫩芽做茶不难理解，重在营销。我们希望有越来越多的企业家向《千金要方》、《黄帝内经》、《神农本草经》、《本草纲目》等传统经典中医药著作学习，为我们的日常生活创新出更多物美价廉的保健品来，使我们变得越发健康和精神。今特为茵陈与枣芽赋拙诗。

第三篇

山乡茶语

茶　市①

缤纷叶落外来经，地主悄然退隅瞑。②

红袍观音生猛虎，龙珠白毫秘仙灵。③

高山峡谷风声紧，碧水行舟浊浪腥。

灞上鸿门赠玉液，请出豪杰赌花翎。④

注释：

① 茶市：此指陕西关中和陕北几个城市的茶叶销售市场，几乎清一色地被外来的"和尚"所占领，宽敞明亮的大厅里挤满茶摊，却很难找到卖本地茶叶的店铺。近年来虽有所好转，外地客商依然是主力军。这从一个侧面反映出陕茶的销售力量薄弱，从另一个侧面也反映出陕茶除了春茶占主导外，其它影响甚微。此感慨影响了笔者多年，此诗即为此意。

② 外来经：此意为外来的"和尚"好念经，会念经。地主：是当地的茶叶销售商，都退避三舍瞑思苦想去了，即为"隅瞑"。

③ 此句夸张地说了外地各种茶叶落户于此，如"虎"般威猛，又如"仙"般神灵。

④ 灞上鸿门：原址在今天西安东郊的新丰镇鸿门堡村。历史上是西楚霸王项羽专为刘邦设立的陷阱，后被刘邦手下识破，终于逃脱。此指地方政府不仅请来外地"和尚"，还要端上美酒好好招待一番，表明美意，有讽刺意味。

版纳陈总七子"老班章"茶

受邀七子老秦家，尝到毫蠹鲜在芽。

饼铁堂前无秀色，汤红壶里暖紫砂。

穿肠入肚咕噜闹，响屁出宫啪啦花。

种下三亩荒草地，明朝挺杖采新茶。

注释：

　　陕西老乡陈杰是富平人，现担任云南陕西商会副会长。笔者因参加在西双版纳磨憨口岸举行的陕西农产品西南出口基地启动仪式，顺道去勐海的南糯山调研古茶树。陈杰在此做茶已经多年，见到老乡格外亲切。云南名茶"老班章"是云南普洱茶的一种，从八十年代末开始就有人在炒作她，之后在市场高调出现，一度在香港一饼普洱茶卖到十万到三十万元不等，近年来已经烟消云散了。但茶确实是好，七子"老班章"更在上乘。作了这诗来赞美她，也表示对陈杰的感谢。诗中主要介绍了普洱茶的特性及与之有关的器物和风景。

采茶吟

小调当歌下地头，雀拾谷雨入背篓。

青花蓝布纤纤采，碧水灵泉点点收。①

一日三行劳苦影，双旗万朵委曲愁。②

诗文闲赞山乡景，谁解妩媚半夜忧。③

注释：

① 纤纤：绵柔细长，此指采茶女的手指。

② 三行：此指采茶季节，茶农上午采茶，中、下午杀青，晚上炒茶，十分艰辛。双旗万朵：是说采春茶一般都是一芽两叶，两叶即喻指双旗。万朵是说一斤干茶通常需要四到五万片新芽才能做成。

③ 此句意为文人都喜欢用优美的诗句来赞美这大自然的宠物，而种茶人和做茶人的辛苦及卖茶的忧虑是经常不被发现的。

◆茶 农◆

疏通阴晴陆羽风，勤奋垄亩秘置功。
朝暮田丰时可喜，春秋泥泞似懵懂。
心愁老树姿芳弱，面瘦嫩芽价跌熊。
老少迎宾话心语，举眉待客卖娇丛。

注释：

　　茶农最为辛苦。诗从种茶的疏通阴晴风，做茶的秘置功夫，到老少迎宾话心语去"卖娇丛"，着重叙述了朝暮之间喜忧交织，春秋的泥泞道路让茶农常常感到不知所措，心愁着老树新发的芽，又要面对市场不断下跌的茶价。

❖ 茶　山 ❖

岭南疏浚谷间阳，峻北阴柔佛道场。
唤雨临风聚日月，涌泉丽水育牛羊。
圣人跋涉新茶路，群鸟欢居早稻乡。
青涩噪鸣虫奏乐，蝶花恋舞沁幽香。

注释：

　　茶山是美丽的，美到什么程度呢？茶诗《茶山》为证。诗中岭南指秦岭以南地区，基本都可以种茶，但大多在疏浚通风良好之处，云雾、雨量和阳光都很充足。峻北指咸阳泾阳一带，这些地方也做茶，做茯茶、砖茶。此处又是佛家和道家胜地，风水好。圣人指茶圣陆羽，《茶经》的作者。稻乡是说陕南各县。

山茶语

空山新雨晚来秋，一地花开到尽头。①
杏叶萧哗头顶响，雁歌嘹亮去它洲。②
默然无语还无语，总是新愁换旧愁。③
苦度三年虚过实，清泉会意变龙游。④

注释:

① 空山新雨晚来秋：此句出自唐代诗人王维《山居秋暝》"空山新雨后，天气晚来秋"句。王维晚年隐居在西安市蓝田县的辋川乡，恰是终南山北麓。此诗描写的是初秋晚景，也正是早秋茶采摘时节，故此处有意借王维诗来提升秋茶的厚重和圆润。此后便是诗里说的"一地花开到尽头"了，入冬开始。

② 此句是说大自然在北国已经是"杏叶萧哗头顶响，雁歌嘹亮去它洲"，但在陕西南部巴蜀之地也正好是茶入冬休眠的开始。为保证茶树在来年长势茂盛，春茶肥绿，茶农早早便把刚刚开出的茶花敲掉了。

③ 此句是对茶农的描述。山里种茶的、采茶的都是老实巴交的农民，在茶田、在做茶时，与之相处多半是默然无语，问一句答一句，厚道憨态。可是他们心中的愁绪是不用去描述的，它清晰地长在那里，一年愁似一年，这就是茶农的心声和写照。

④ "苦度三年"是说茶树苗由扦插到成熟可采摘一般为三年，这三年里茶田不仅毫无收成，还要不断施肥、打药和其它管理，费用只能靠日后产茶的回报了。近年来，茶园增加了旅游观光等农家乐活动，一些经济类花卉和植物在茶田萌生，使原本单一的茶叶经济变成了茶园综合经济，收入自然多了，山乡的面貌正在悄然发生着变化，希望"清泉会意变龙游"。

茶 性

红茗暖胃色温醇，谷雨初芽当月轮。
冻顶思文消酷夏，富硒作业赛阳春。
曹操一世追梅志，苏轼三杯植树人。
化碱土方花性定，休拿残叶误心真。

注释：

　　"茶性"是一首诗很难说透的，事实上一本书、一部史都是难以表述完的。这里已经引申出"理"的概念。茶在自然是所谓一树一叶，但经过人为的改造便深透出无穷的事理和意念来。在其自然属性中，绿茶当然是以清静、提神、降脂、防癌等为效力而存在的；红茶则以温和、喜庆、养胃、舒肝而立的；其它形式的茶，如白茶、黑茶等，也都具备保健类的功效。茶当月轮就是多方面的性理了。茶在叶时，对月成轮；茶做饼时，形似月轮；茶入汤时，杯水映月，杯似轮，水似轮；谷雨初芽更似上弦月、下弦月了；一叶入水成茶饮的过程，是月升是月落的过程，她是精细的、柔美的、清静的、和好的、雅致的。台湾人喜欢喝乌龙茶，名茶叫冻顶乌龙，凤凰村也好，冻顶巷也好，都是赞美她的；入文章就可以拿来读，消消胸闷之暑，入汤也可以消消生理之暑，这是台湾茶道中常见之意。汉中、安康一带土壤中富含硒锌等微量元素，对人体健康十分有益，尤其在安康紫阳山区更显突出，但凡这片土地出土的物产都是充满着健康元素的。茶是自然中间最为重要的一物，从古至今，可没有少为百姓及当地的官府做贡献。紫阳真人因其风水在此修道成仙，可谓不一般。自然，伟大的人物就更不一般了。历史上，曹操为解将士的一时疾苦，有"望梅止渴"之传说，已经传了很久，并将继续流传下去，这是他的智慧、英明和境界之举。而文豪苏轼就不一样了，贬官杭州湾，治理西湖的成就，形成了多少动人故事呀。爱茶、诗茶、煎茶、喝茶讲究的是地道，又能把朋友送来的一包茶上升到"从来佳茗似佳人"的意境，谁能有如此的感慨呢？苏轼有。他不论是朝里得志，还是异地潦倒，总会以茶安身立命，畅达于山水草木之前，这是有别于曹操的一种境界。真正的茶人是没有"残叶"的，茶入商后就不好说了，商之利高于一切。其表面是"茶文化"，却有欺世盗名之嫌，也多半是违心之作。应对此棒喝。茶不能辱，不能污，茶在清、静、和、雅、俭中升华，这是心声、禅意、追求的理想梦境。从此可理解为还原于自然，还原于天地间，还原于草木间矣。

茶呀茶

几叶成汤何所香，布衣皇帝自愁忙。①
费心跑断人生路，倾库购回壶里郎。②
仙露观音腰累过，玉泉王子腿遭殃。③
经书再读眯缝眼，新旧红黑遍地黄。④

注释：

① 此句意为时下无论喝茶的和种茶的都很辛苦，不是买不起茶就是种不起茶，很难找到闲适自然中的茶香和乐趣。

② 此句意为喝茶人为了心爱的茶和壶不辞辛苦，鞍马劳顿。

③ "仙露"、"观音"和"玉泉"在此都指茶名。

④ 经书：此指《茶经》，此句意为喝茶人和种茶人忙碌一辈子，到头来双眼迷离，老眼昏花。

茶 语

半壁江山一道茶，晚来风雨早生花。

举家苦作田间活，全部心愁翘首芽。

三月天天变行情，四更默默求爹爷。

贤仙品录精华句，老少融融笑盐巴。

注释：

　　"茶语"何能用一首诗来说清楚，更有《茶经》作了盖棺定论。然而，千百年来，关于茶的话和语越来越诗化、坛化、文化，甚至讹化、伪化了。笔者此处依然是为那些苦苦煎熬的茶农们来呐喊和呼吁，这半壁江山的一道茶，为什么几十年里都改变不了一家穷困的面貌和惆怅的焦虑？过去，因为崎岖的山路和闭塞的信息，茶销不出十里地，日子一样过得声色两佳。现在交通便捷，信息十万八千条，做茶的人反而越发得艰难了，有的举债扩大规模经营，虽然有汽车、洋房和自己的门面，心思却越发得沉重了，肩上包袱压得喘不过气来。大浪淘沙，有的扛不住，也就快快地退却了，无声了。

茶园启示

阿里茶山冻顶壶，祖文繁字半边愚。
临窗图景长廊史，道佛言禅半架儒。
净洁连环作新叶，香高云直品婆姑。
舒筋息脚归来客，携带亲朋去海都。

注释：

此诗成于参观完台湾几处茶园。台湾是华夏传统文化传承较好的地方，现在有很多大陆人到台湾后，因为不认识繁体国文，连猜带蒙地读文识字，经常是拿偏旁来读字，啼笑皆非的事常现。台湾企业种茶、做茶和卖茶都十分讲究文化特色。无论是茶园、茶馆或是茶店，但凡能与茶联系的地方，总能把儒、释、道这种华夏文化的鲜明特色展现在世人面前，语言也都亲切和蔼，虽为生意，但又自然，恰到好处。做茶的工厂非常洁净明亮，程序清晰可见。坐下品茶，婆婆、姑姑齐上阵，招待细致周到，不买也无妨。越是这样，就越想要给亲朋好友带上些。《茶园启示》最想说的是，通过这样面对面交流互动，现场观摩，给陕西茶人尤其是茶企负责人带来了深刻的启发和示范效应，让他们知道了什么叫茶文化，怎么来做茶文化，如何展示茶文化，也因此找到自身的不足和差距。

茶园田歌

横垄纵排建茶轩，黛绿虬枝性蕙兰。
寒绽新花呈玉洁，暖除蛮草入长安。
山羊闲散三千树，稚叶相依九品坛。
平利云乡腾雾气，青牛踏雪似蹒跚。

注释：

　　虽在陕生活四十年，作此诗时，去安康的平利还是"大姑娘上轿头一回"。平利实在是一个好地方，过去因交通问题很难抵达。现在道路宽畅，车速可快，来去已经十分方便。到平利不看茶园是一大损失，也是最大的遗憾。这里的茶园大多在山坡上，也是较早的贡茶产地，老茶园更显沧桑。入秋开花，仲春已经可以卖茶到长安了。在参观茶园时，种茶的老乡把一大群羊赶进茶园，说是羊不吃茶叶，只吃茶园的草，又把粪便留在了茶田，一举多得。笔者头一回听说，也是头一回见到，真是新鲜事。入冬后的小雪已经消得差不多了，花白的影子在滴绿飞翠的山野里，实是诗情画意。深深地呼吸着充满负氧离子的新鲜空气，信马由缰在乡间绿荫中，阡陌纵横，鸡犬相闻，小桥流水，炊烟直上，山歌嘹亮，是实实在在的《茶园田歌》。

茶韵幽香

越过千年进万家，东方神叶树奇葩。
古泉丽水瑶池录，禅雨沉香勐海花。
南北回甘醇厚爱，东西赏色品鉴霞。
文房探宝幽红夜，山野茅屋自煮茶。

注释：

　　《茶韵幽香》是笔者在独自品完云南省勐海县古树茶后的诗作。越过千年的茶早已成为东方的神叶、树的奇葩，她和古泉丽水、万年沉香、瑶池禅雨一样惠及着普天众生，既可入高贵，还可下厨房，色、香、味、形与静、默、雅、和融化为一。"夜探文房茶幽红，更为山屋五谷粮"呀！

长嘴壶茶艺

龙翻虎扑泡春秋，影舞游丝绣女收。
素面轻云凤鸣谷，铜头罗汉雁行舟。
蝶花沾水金鸡立，雀舌勾芽玉女搂。
拜佛少年无语对，苏秦背剑若岷猴。

注释：

　　诗的每一句都是对长嘴壶艺的描述与赞美。这种技艺大多活跃在较大的茶楼茶馆里，由专业的茶艺技师来表演，能达到罗汉雁行、轻云凤鸣、蝶花沾水、金鸡独立、雀舌勾芽、拜佛少年、直指苏秦背剑、岷域灵猴等造型动作，都已入最高境界。笔者曾与这般少男少女有过交流，其中磨破皮、烧伤脸、烫红手、砸过脚等这些皮肉之苦都为常事，真正的功夫在潜心摸索、星月苦练、顽强毅力，走出高手。这比舞枪弄棒复杂而艰辛，危险无处不在；然而出师登场也就换来无数赞叹、美慕。过去多为穷苦人家的男孩所学，现在许多女孩子也奋勇上场，一点儿也不胆怯，且更具有灵气和秀美，英姿飒爽，素面朝天，可称又一风景。

读《茶叶信息》有感

阅览三期胜大餐，芸芸众相显阑珊。

清明透亮金银毫，厚重甘醇里外欢。

心语篇篇言碧绿，山歌阵阵起波澜。

良师绝技佳人习，携带香茗赛玉冠。

注释：

　　《茶叶信息》是中茶院杭州茶叶研究所创办的关于茶的一本专业性杂志，因陕西省茶人联谊会韩星海会长极力举荐登载笔者的诗稿，引起了笔者的注意。阅过三期后就越来越发现其茶文化内涵修养、挖掘与创新极其丰富，故事、传说、散文、诗歌和茶报告都十分得引人入胜。尤其关于茶叶的生产、质量、标准、管理和市场营销、文化传播、地理发现以及名人、名企、名牌等方面的内容都具有较强的权威性和话语权，以及通俗的可读性。像这样朴实又厚重的杂志已为少见，她就是一杯茶演绎幻化出五彩斑斓的大千世界。

读《吃茶去》^①

九州素面敬香茶，千古民风入野家。

闽粤习喝晨上品，川湘爱泡晚中芽。

一泉龙井浓妆艳，二圣药经禅路霞。^②

得益文章会良友，东方嘉木贺英华。

陕西茶文化丛书

人在草木间

162

注释：

① 《吃茶去》：中国禅茶学会（香港）主办的茶文化杂志。

② 二圣：此指药王孙思邈和《茶经》作者陆羽。

感慨美国多州农民抢种茶

惊闻异国种商茶，民看东方神叶嘉。

倾海幽魂牵战事，联州烽火毁印花。

本应共济同和好，却以私怨报恶邪。

嗅利高抬成忌讳，恐遭天石砸奇葩。

注释：

2016年3月22日《茶周刊》报道《美国多个州农民抢种高价茶》，这使人十分意外又意味深长，赋诗只为释文解之。报道以《近60个农场嗅到"特殊茶叶"新商机》为副标题进行了介绍，这里所指"特殊茶叶"是指中国的专业类茶。据报道称目前美国至少有15个州约60家的农场开始种植高价茶叶，以加入抢攻特殊茶叶的市场。夏威夷州莫纳洛亚火山生产大岛茶叶的尹莉亚·哈皮尼，销售红茶和绿茶的批发价每盎司42美元，她放在网上的销售价格每盎司更超过75美元。而密歇根州特拉弗斯市温室成长的有机茶叶和白茶每磅售价256美元，或一罐1.5盎司售价32美元。而立顿公司出产的重4盎司、一盒50包装的袋泡茶，网上价格仅3美元。由此可以看出，真正饮茶的美国人还是衷情于来自中国六大类的正规茶叶，因其层层盘剥和各种苛政歧视，使我出口茶叶没有价格优势，更无利润空间，并常年背负压力而郁郁寡欢，无处申冤。而美国本土生产的茶叶却可以卖到天价，且深受当地人喜欢，这是什么普惠、国民待遇？然而民众对来自于东方神树的叶子的魅力是无法阻挡的，他们中绝大多数人依然对这个神秘国度充满好奇和渴望。因为茶叶，1840年发生了中英鸦片战争；1773年12月16日8000多美国人因英国《印花税法》的影响而集体抗议，将东印度公司三条船上342箱茶叶倾倒入海，这就是有名的"波士顿倾茶"事件，继而引发了北美独立战争。

茶叶，她就是一片树叶。因古老华夏民族的智慧，使这片树叶发生了神奇的变化，为整个人类饮品市场增添了永恒的力量，为整个人类社会生活带来健康福祉，是多么好的一位浪漫使者。因政治家的贪婪和邪念，将这片树叶推到了风口浪尖上，成为了战争的牺牲品、自然的殉道者。今天又将在本土上演价格战，兄弟之间必将展开厮杀，谁能预见明天的阳光不会倒映在血红的河流上呢？记了这则报道的读后感慨矣。

◆ 茶路吟 ◆

但爱轻风上月山，晨星与我若金兰。

雨前春草追茵绿，霜后秋枝减瘦斑。

闲坐地头看日落，不言溪水走江湾。

倾家护蕙尘心叶，何处佳人助玉环？

注释：

　　我：此指种茶之人。金兰：金喻坚，兰喻香，此指种茶人与星月为亲密的朋友。语出南朝宋·刘义庆《世说新语·贤媛》："山公与嵇阮一面，契若金兰。"茶路是一条十分艰辛的路，是一条勤奋的路，更是一条不断探索和求新之路，笔者曾经多处提到茶叶之路和茶人的生活。生在山里或是偏远的地方是不由选择的，命运就此展开。当然，也有的茶人不甘寂寞，等着不如闯着，跟着开放的步伐，走进了城里或大都市，开始了所谓城里人的生活。因为种种原因，有人过得不尽人意，或是不够体面。每当夜晚降临，霓虹灯把整个城市照得通亮，喧闹和浮躁对有些人来说是一种烦恼，但对偏远落后乡村来的人，就是一种奢华，就是一种繁荣，就是热闹，就是他们日夜追寻的理想生活。如果通过卖茶叶，他们只能是街头的过客，匆匆的步履、蹒跚的身影，不知道何时才能成为这座城市的主人。茶人的路是诗一样的路，画一样的路，就是走起来太艰涩、太漫长、太多的坎坷和艰险。

黄山毛峰

飞来石下种毛峰，云雾烟岚绕古松。

五岳精华聚一地，九天灵气沐茶农。

紫霞雀舌兰香起，谢裕庄园栗火汹。

春绿雁行数丛簇，歙州夜庵寺敲钟。

注释：

黄山聚五岳，自古就有"黄山归来不看岳"之美誉。其周边多烂石、赤岩松土，最宜种茶，早有紫霞、紫笋、雀舌、松萝、毛峰等名茶。尤在寺庵，僧侣种茶做茶饮茶，自给自足，普度村民，转入民间。在清光绪时创建了谢裕茶庄，兰香、栗香，云涌芬芳，红极一时。

春入山乡忙采茶

早春二月采侗乡，金秀新茶已入汤。
仰望钟山雨花叶，悟空宁远帝陵仓。
龙头村诱佳人影，玉露恩施好儿郎。
丽水湄潭为谁醉，踏青还看小丹阳。

注释：

　　春入山乡忙采茶，年年如此。二月的广西侗乡、金秀等地首开采茶时节。之后在江苏南京的钟山、湖南的宁远也陆续采摘。最美乡村陕西平利县龙头村的女娲茶也登上采茶高峰。当然浙江的丽水、贵州的湄潭也早已尽情享受在明前茶的欢乐之中。江苏丹阳市是笔者的老家，丹阳镇是安徽省马鞍山市的一个镇，它们都是千年古镇，景色秀美，物产丰饶，茶当然也在其中，眼下正是踏青最好去处。读了近来几期《茶周刊》关于春茶开采的报道，做了这首诗来记录此刻的心境。

纪念谷雨饮茶日

炎帝扬汤草药香，传来盛世敬茶娘。
暮春山寨东西采，三月城乡南北忙。
挑个良辰举国饮，力挺谷雨九州尝。
少男少女请牢记，祖业秉承恩泽长。

注释：

2016年4月19日（丙申年三月十三日）为谷雨节气日。

❦ 国之饮 ❧

福口茶香吾国人，东方嘉木月圆春。
茅屋待客乡邻聚，南海相亲将士巡。
古道传承都市里，漂洋传作贵夫臻。
家常七件其中事，落叶纷纷品尚仁。

注释：

　　俗，柴米油盐酱醋茶；雅，琴棋书画诗酒茶。茶，是典型可下厨房、可上厅堂的雅俗共赏的人间媒介之物，自古以来不能不是国人之口福，民族之骄傲，东方之神树。其奇特的疗效、神秘的口感、博大的精神，已经演绎出梦幻迷离、出神入化的儒释道境界和诗画文化。在这个世界上恐怕还没有哪一个物种有如此的造化，对人类的影响有如此的深远。能在我泱泱山水间传承至今，实乃国之幸、民之福、天之赐矣。千百年来，我们待客、聚邻、会友、相亲，参禅悟道、静默思索，畅肠通络、消暑暖胃……无处不达。不只是在本土，即便漂洋过海，在异国他乡，她也能惠及一方，感动上下，以至于有的国家因此改变了生活习惯。难道这样极具魅力的饮品还不能成为"国之饮"？！

❖ 红 茶 ❖

红汤温色野袈裟，晨来清明晚贵霞。
佳木蒸发云墨饼，坯砖曲霉雾金花。
寒出煎熬芳菲馥，疲断迷香玉女家。
立顿囊中赶丝路，祁门摘桂独奇葩。

注释：

红茶在东、西方，都已成为当今人类消费最多的饮品。较之绿茶，除了在防止癌症等少许疾病上，其保健强身效果都是极其显著的。其特有的口感和功效是老少皆宜的，红茶市场的发展趋势也将越来越大。诗中"红汤温色野袈裟，晨来清明晚贵霞"是说红茶的汤色温润，有如清晨与晚霞的赤红、褐红、锈红、橘红、枣红等色；"佳木蒸发云墨饼，坯砖曲霉雾金花"是说红茶类的生产工艺基本形态；"寒出煎熬芳菲馥，疲断迷香玉女家"是说红茶在人遇寒冷和旅途劳顿时，其功效越发神奇，馥郁芳菲；"立顿囊中赶丝路，祁门摘桂独奇葩"是说众多红茶中，"立顿"、"祁门"两款红茶在当下有不俗的表现，市场的占有率和品牌的效果都非常好。

怀念受伤的龙井

蛇年烈日祭天中，恐吓茶娘夜做工。
覆盖云网遮热浪，泉淋焦土起烟蒙。
临安本是丰饶地，龙井应能战火熊。
还我东坡佳人梦，白堤柳岸旧东风。

山乡茶语

第三篇

171

注释：

一日，好友送来浙江新昌大佛龙井茶，甚为喜欢。虽未品尝，陡然想起蛇年暮春仲夏期间，浙江大部持续干旱高温，杭州地区许多茶园遭此劫难。网络图片和媒体采访介绍，有大面积已无法存活的茶园必须重新栽种，还有很多坡地茶树枯黄，叶落一地，场景十分悲壮凄惨，令人痛心不已。政府动员，财政拨款，男女老少，搭棚遮阳，引水灌溉，肩挑手提，朝暮劳作，场面感人。时隔一年，新龙井又摆到桌上，睹物怀旧，心有多祈，情更向往，愿西湖烟雨，狮峰龙泉，会同散花玉露，使那水墨圣地，月河灵泉，清雅和畅，炒豆兰香，芬芳四溢，乡邻远客在云游垄耕，流莺画眉间，啜茗哼曲，手写山风，脚踏竹径。今题一诗以作纪念。

几回梦忆阿里山

一惜十载记仲春，梦里依稀半月轮。①
短棹游舟潭姊妹，长歌探路话亲邻。②
天天蜜绿醇香口，夜夜金黄馥郁民。③
独对梅山竹崎问，谁家珠露入三秦？④

注释：

① 此句是指笔者十年前曾经到过台湾，但办理手续却用了半年的时间。所以，十分珍惜这次旅行，常常在梦里回忆起这往日的岁月，尤其是茗香闽语亲切感人。窗外飞云流雾里的半轮明月，洋溢着淡淡的愁绪。

② 短棹游舟：此指短桨划船。潭姊妹：此指阿里山传说中的姊妹潭。长歌探路：是指一路上不断有人探询着日月潭的故事和传说，谈论着海峡两岸老百姓的奇闻逸事，若乡党般亲切。

③ 蜜绿醇香：此指阿里山的高山特点。金黄：此指茶汤的颜色。民：此指老百姓。

④ 梅山、竹崎：此指阿里周围的两座茶山。珠露：此指阿里山一公司的茶名。三秦：此谓陕西。

佳话武夷山

六棵母树探花翁，御赐袈裟绿叶风。
踏浪山歌武夷翠，泛舟燕舞洞天红。
南洋一下乌龙热，北国千秋雪域空。
碎石砾壤出丽水，杯壶苦乐煮葱茏。

注释：

真正意义上接触到乌龙、观音茶是笔者上了武夷山后之事，在《茶之感》中有过描述，初上武夷山的感觉历历在目。当日下午从福建省福州市坐火车到南平市，换长途汽车，中途又被导游转给别的长途汽车，赶到武夷山已是晨曦微露的第二天。云雾在半山腰上闲游，翠竹、绿树伴和着清风摇动，赶集的人唠叨着闽南腔，在小街道里流动。笔者一行人睡眼惺忪、旅途劳顿，稀里糊涂在路边早餐后，就漫步在进山的路上了。时值九月中旬，秋后的南国，依然骄阳似火，导游介绍这是蛇山保护区，同伴们就更加小心翼翼了，带着满身的汗在闷热的小道上攀爬，艰苦难耐。中午时分终于下山，在茶摊上，塑料棚里悬挂着雷洁琼老先生的照片，问其原委是武夷山著名的"大红袍茶"，一般每年都要赠送一些给雷先生。这名字是清朝皇帝赐名的贡茶，已被景区保护，不能随意采摘。此时才知道茶山比蛇山更有名气，也随之了解到乌龙、观音半生之茶的特殊魅力和味道。在此后的江上竹排、嫁新娘和篝火活动中，就再没有离开过武夷山茶，记忆永留至今。

敬咏炒茶人

一杯龙井胜琼浆，赤手炼丹茶气香。
再裂茧花腰起落，频扑热浪汗流淌。
云台绿叶深更月，栗木硝烟夜半娘。
无数闲情悠然事，自知春雨夏秋忙。

注释：

　　说茶好喝真是"小曲好唱口难开"。在我们这片古老的土地上，围绕茶的前世今生早已演绎出无数动人的佳话和精美的故事，茶文化著书立说，诗词曲赋，诸子百家，儒、释、道什么样的人生哲理、妙语警句都有，可又有多少人知道茶由一株苗成为一碗汤，那万花筒般璀璨耀眼，却又艰辛酸楚的过程呢？远的不说，仅炒茶这一不可或缺的环节就十分耐人寻味。但凡见过炒茶之手的人，都会为之惊讶而赞叹。那年复一年留在手掌上层层叠叠的茧子是那样得粗劣、厚重和耐磨，茧花绽放，饱经沧桑。多少老茶人只要说到炒茶事，必然戳其心、动其情，无不感慨万分。尤其初试炒茶，锅上锅下翻滚，烫伤、水泡，连心疼痛，如昨日发生，记忆犹新。晶莹中闪烁着日月泪痕和生活的无奈，不得不使人为之感叹、怜悯、同情与赞美。这或许是那些"论茶道、讲品味、说故事、摆荣耀"之人想象不到的事情。

　　当下，有许多茶亲，嗜茶之人，甚至是远道的外国客人，会特意在采茶季节来到茶园，与茶农吃、住、作在一起，亲身感受制茶过程，以满足其对茶叶"精、气、神"的好奇与追求，当一回学生，吃上三五日之苦。当黑夜降临，拖着疲惫的身躯，置身于锅台旁，被扑面的热浪、蒸腾的水气、苦涩的清香熏烤着，亲眼目睹炒茶人在发红的锅底，灵动飞舞，抓、抖、搭、压、搓、揉、捻等工序后，清晨还翠绿油亮的茶叶已或成毫、或成针、或成舌、或成珠时，称奇道贺就成为小事了。眼前这一幕幕精彩画面，炒茶人的一举一动，面对当日采茶必须当日做完的压力，使往日讴歌的诗情画意在滚烫的热锅、揪心的灼伤、流淌的汗珠里赋予了客观、现实甚至是残酷。浪漫在现实中升华，赞美在记忆中永恒，珍爱在同情和理解中开花，精彩或还带些恐惧。

老茶客

五更带梦入茶堂，北调南腔话四方。①
武岩红袍两棵绝，狮峰龙井六三香。②
观音碧露天花撒，玉帝琼浆自品尝。③
铁锈斑齿光景烙，评弹壶影演双枪。④

注释：

①"五更带梦入茶堂，北调南腔话四方"：此指很久以来，生活中视茶如命的老茶客们常年都是早早来到固定的茶馆，享受一天之中在他们看来最幸福的时光。虽天天见面，但也总有聊不完的海阔天空。这就是茶隐生活。

②红袍两棵：此特指武夷山两棵老茶树。龙井六三：此特指杭州狮峰山清乾隆御赐的十八棵老龙井树。

③"玉帝琼浆自品尝"意为这些老茶客们喝茶品茶都非常个性，一般不轻易改变自己的饮茶习惯。

④铁锈：此指老茶客们由于长年喝茶口味较重，牙齿上一般留下了褐色的斑痕。双枪：此指茶馆里艺人的琴、琵琶及老茶客们壶中挺立的茶芽。

老舍的《茶馆》①

炎凉世态在茶楼，北去南来煮异愁。

麻子上街多少点，乡妇卖女一人头。②

铜壶待客红和绿，铁嘴为生鸦与鸠。③

舒写舍得成轶事，京城京味满江舟。④

注释：

① 老舍：即三幕剧《茶馆》的作者舒舍予先生。

② 麻子、乡妇：《茶馆》剧中的角色。

③ 红和绿：此指红茶和绿茶。铁嘴：此指《茶馆》中唐铁嘴，以相面为生。

④ 舒：此指老舍先生。

龙井茶

云栖虎跑狮峰静，甘味清幽梅入家。
寿圣寺溪香兰豆，翁家山上翠屏花。
明前翠柳莲心意，谷雨旗枪御笔夸。
五妹冲开茶花语，六君品到雨中霞。

人在草木间

陕西茶文化丛书

注释：

是龙井有名还是龙井茶有名，不得而知。上了龙井山，洗了龙井水，龙井台上两字"龙井"，是乾隆御笔。皇帝题字当然贵重有名，但说到龙井茶没有不惊讶的。一杯上好的龙井茶，定会令人赞不绝口，用尽心思也要夸两下。传说乾隆来到杭州西湖，一时兴起来龙井山上品茶，深感其为茶之上品，题诗赞美。在茶园采茶，随从突然报告太后染疾在身，起身回京。因龙井茶清香在身感染老人，随命冲泡，不日渐好，命题"龙井"，传作佳话。龙井山有五峰，云栖、虎跑、狮峰、梅家坞与翁家山，所产龙井茶，都为正宗龙井茶，每到春茶上市，龙井名声远扬，即成擂主，翘首以待八方应对。笔者未上龙井山，已知龙井茶，终未谋面，心中惦记，欲望在胸。有缘随长者傍晚从西湖竹海来到龙井山下，品味绍兴佳肴。问到龙井山来历，才知龙井山早有寿圣寺，寺下有溪，和尚溪旁种茶，后来就有了和尚待客"茶、香茶、敬香茶"的等级待遇之说。三十年前大变革时代，这里却是西湖龙井山养猪场，龙井茶则降为配角，延续十年。然这十年，因为猪的功劳，使龙井山这片神奇的山水得到了更好的滋养；精、气、神也更加足了，今天的龙井茶已不是当年的茶，但其故事更加丰满了，传说更加奇妙了，底蕴更加厚重了。

龙井故里

西湖净手去焚香，月下行舟上画舫。
相对雷峰六和塔，清音梁祝断桥旁。
钱塘惊险潮汐水，千岛静观朝暮乡。
佳茗依然无远近，春江待客胜新郎。

注释：

龙井故里在哪儿？天下有泉皆龙井，但与龙井茶相关的龙井，当然是杭州市西湖区。西湖在龙井山下，龙井茶在西湖的岸边。在西湖里净手后去焚香拜佛，在西湖上泛舟听江南民歌，分享龙井茶，十分惬意；抚摸着雷峰塔的陈砖，遥想着断桥的动人爱情故事，浮想联翩；钱塘江的惊险，千岛湖的宁静，潮汐与朝暮都是自然景象，彼此演绎着物象的突变和悠然，其中的故事和意境是庙里的和尚与茶水里的前世今生可以见证的。据说龙井通东海，与山水相连；茶在草木间，也与山水相连，故佳茗无远近，山水总相连。

初步龙井山

翠山打转问龙泉，别墅黄昏十八仙。
首洗浮尘清凡俗，再接笑脸问茶年。
苏堤铭志东西柳，御笔诗情南北篇。
夜话蚊虫频会客，月笼犬吠对高天。

注释：

    初登龙井山是龙井茶刚过春茶季节，冲着龙井茶的名声一行四人午后上山巡游。因不知道龙井在哪山，一路边走边问，终于在龙井村找到了"龙井"山，大家甚为欣喜，在别的游客示意下，也用龙井泉水把自己的手和脸洗了一遍。这才把乾隆的御笔"龙井"二字仔细端详起来，体验着皇帝的思绪；把苏堤的柳联想起来，长安与西湖的缘分从人、湖与柳开始。当年苏东坡刚刚出来做官，就在陕西省凤翔县当监察官，并把当时的东湖整治一新，垂柳涌动；后来到了杭州市做官，又把西湖治理成著名的风景名胜之地，并有了"苏堤柳垂西湖水，从来佳茗似佳人"的传说。从龙井山下来已是皓月当空，在蚊虫的欢送里，满意地带着龙井茶的清香，消失在龙井山的夜幕下。

歌行体　龙井山行①

呜呼哀哉我君贤，垂泪粉丝恸地怜。②
倩影梅家坞屏绿，动容骚客舞翩跹。
一桶泉水清尘垢，三步禅礼觅翠莲。
盼望春风化春雨，流传西子拜西天。
日神笑玩帝乾隆，老弟依恋太后宫。
恰看西湖渐消瘦，心疼苏柳汗蒸笼。
云栖塞北倾城涝，虎跑狮峰秘会翁。③
焦土几尺无生命？茶农万户叹息中。
四三小号味鲜珍，老树传承厚重人。④
遒劲耘耕浅坡上，躬引天下嗜茗绅。
只知沙海清泉少，怎奈林荫烈火巡。
谁借雷公一声吼，化缘雪域送乡亲。
溪绝潭空草色黄，叶萎狼毒鸟躲藏。⑤
清明谷雨熙熙至，和伏立秋虎虎畅。
人好友情千里远，茶甘酒美百家香。
长龙流汗田间渴，老少群雄早晚梁。⑥
不惧硝烟杯水薪，还留数座少华秦。⑦
泪痕续在新苗上，风景盛开旧历真。⑧
唯欠衷情闲浪漫，委曲事过再研因。⑨
霏霏垄上壮观色，攘攘乾坤亿万民。

注释：

① 2013年7月底、8月初，笔者就惶恐着杭州市剧烈高温对茶树生长的影响，又侥幸着"天堂"里不缺雨水，老天从来都是恩赐于她。然而事实太让人们意外了，各类媒体频频传来杭州受高温影响的坏消息，有大面积的茶树已经枯萎，减产已成定局。笔者和无数龙井茶偏好者为之扼腕，特作歌行体诗《龙井山行》纪念那些为人间带来祥和而远去的幽灵。

② 君贤：本为贤君。此处皆指龙井茶叶。

③ 塞北：此指陕西省北部延安地区。

④ 四三小号：此指龙井茶新品种43号，因其年限短、扎根较浅，极易被持续高温烧伤。

⑤ 狼毒：此指狼毒花，生长在高海拔地区，抗紫外线强光的照射。此处狼毒代表强光。

⑥ 老少：此喻龙井茶乡男女老少齐上阵，全力以赴抗旱，力争把茶叶损失降到最低。

⑦ 少华：此指陕西少华山，风景秀丽，许多地方类似龙井山，属于秦岭山脉。此喻龙井山依旧生命旺盛。

⑧ 新苗：此指来年新栽的茶树苗。

⑨ 此句为作者猜测：主要劳力都下田抗旱，也无心事招呼来此品茶论道的游客。

勐海看茶①

四邻八寨种宕茶，烟雨云山雾里花。
鸟语心声待远客，丛林古树守天涯。②
此生一见无闲事，往日多愁苦恋家。
太白能积千年雪，滇西岁月是春纱。③

注释：

① 勐海：即云南省勐海县，属于西双版纳傣族自治州。

② 古树：此指勐海古茶树。

③ 太白：秦岭主峰，终年积雪。

偶得竹叶青茶

剑枪对峙立杯中，陈帅连夸不与同。
广厦门前草堂寺，峨眉山上石禅宫。
荫林古酒香浓烈，玉石新泉好浚风。
春绿增添稻香子，雪芽入众才英雄。

注释：

知道竹叶青酒是很早的事，知道竹叶青茶是近十年的事，途经成都，朋友相赠。看着剑枪对立之影，又显着亭亭玉立的美，确如竹叶落水，娉娉婀娜。陈毅元帅从老和尚手中接过峨眉山茶，随口定名为"竹叶青"，是流传至今的真实佳话。峨眉山本是禅味十足的佛道胜地，树在此山生长，也在此山成茶，最是茶禅一味的经典了。何要竹叶青名？然杜甫老人发"安得广厦千万间"之千古浩叹时，正是草堂寺的翠竹护佑着他那艰苦的心灵；又或，仿佛杏花村古酒的浓香能暖和玉石新泉的琅琅疏浚之风。春天到，稻花将要飘香，老树又发新芽，偶尔得来的竹叶青茶也在众多的佳茗中，不断地浮动出往日灵秀之倩影。

咏普洱茶

熟生条饼育奇葩，千古云红老树芽。
色亮回甘绵入口，陈香润滑列精华。
消暑龙井狮峰弟，暖胃普洱景谷爷。
囤块金银备荒月，珍藏七子胜袈裟。

注释：

　　提起普洱茶，总有一种难以名状又深藏玄奥之感，曾几何时有港商朋友介绍，在港澳地区一饼十年以上的普洱茶可值十万至三十万元港币，听之愕然。普洱茶有生熟之分，其型又有条、饼、坨之别。老树普洱茶为上乘，若为老茶工所做，更是骄子。有幸得到云南景谷普洱大白茶是十分荣幸的，尤其在二十年前的时候，国内外，尤在东南亚市场，普洱已成翘楚之势，实为珍爱之物，不肯分享。随着近年来普洱势头大减，市价日渐回归理性，黑乎乎的往日之佳人也可谓人老珠黄了。但其功效仍不敢抹杀，此时汤色红亮、润滑陈香，也是爱茶人的万分口福之物，恐也是金条不换。龙井消暑，普洱暖胃，是真实的保健功夫。

台湾冻顶乌龙茶

脚尖壁立苦娇身，墨绿云峰四季真。①
重酵殷红温润色，轻揉苍翠素雅纯。②
凤池应试武夷令，鹿谷移栽冻顶仁。③
雨舞东方美日月，清香包种半球春。④

注释：

① 此句意指去冻顶山采茶脚尖壁立上山，十分艰辛。墨绿：此指乌龙茶成型色。四季真：此指四季一色。

② 此句意指重度发酵即为红茶，轻度发酵即为绿茶。

③ 凤池：指清朝道光年间赴福建应试的台湾人林凤池。鹿谷：地名，在台湾南投县。林凤池带回的武夷山乌龙茶树就移栽在鹿谷冻顶山。

④ 东方美：此指台湾东方美人茶。日月：此指台湾风水宝地，也隐含美丽的日月潭的意思。包种：指过去纸包卖茶的方式。半球：既是乌龙茶的造型，又含有半个地球人都在喝乌龙茶之意，销售非常广阔。

天地神柱——千两茶

盛叹华园立神柱，擎天安化载奇香。

耘耕吐纳氤氲气，向瑞传承寂寞场。

嘴里山歌背汗雨，脚跟木舞手插秧。

林涯页岩疏风浚，竹海琴声翠叶扬。

箍紧藤萝棕蓼护，渥堆酵母篾篓藏。

马帮镖局行规险，驿道孤峰体力强。

三伏高耸扛酷暑，九天豪放化寒伤。

草原牧笛追云月，蒙藏酥油煮奶房。

锤打方圆屈硬汉，云蒸春夏裹娇娘。

琥珀朝觐绵柔贵，碧玉云烟罕见狂。

四季黝黑粗滤过，一身古朴厚包妆。

泾阳敬献茯砖技，雀舌升华湘水王。

沉入江河七年物，再浮寰宇八方祥。

傲然屹立东南国，不问扶桑戎狄章。

大爱何须刀刃剑，温和风范定安疆。

巍巍霸气浓缩卷，灵动袈裟天地芳。

注释：

你不得不佩服竖在眼前的这柱状大物，竟然是茶。安化千两神柱黑茶又与陕西泾阳有着千丝万缕的联系。茶为发酵之物，最早发于何时何地，不得而知。汉唐有茶多为团茶、饼茶，且上锅熬煮，呈粥糊状；用水冲泡则到朱元璋时期了。明洪武元年（1368年），世上第一块泾阳茯砖茶诞生了，笔者认为这应该是真正意义上第一个通过发酵而成的黑茶，至今六百多年了。1953年，基于国有调控的需要，减少茶叶原料的运输成本，不再给远离原料基地的泾阳供应生鲜茶叶，改在湖南安化开始生产黑茶，也就是现在的安化茯砖茶。"千两茶"是茯砖茶的一个品种，还有百两茶、砖茶、饼茶和散茶等。但就这"千两茶"一款的生产工艺、劳作场景和宏伟造型就足够说明，它称雄于世的必然性。许多茶叶爱好者慕名而来访问参观，叹为惊奇。眼下收藏者也遍布东南亚、中亚、西亚和俄罗斯以远国度的普通人家了。

乌龙两岸香

鲲鹏展翅起咸阳，转瞬桃园冻顶香。①
日月潭边凤池舞，武夷山上龙泉忙。②
基隆丽水扬帆雁，鼓浪贡茶迎妹郎。③
谷雨生花半球碧，明前墨绿老来狂。④

注释：

① 咸阳：此指西安咸阳国际机场。桃园：此指台湾桃园国际机场。冻顶：此指冻顶乌龙茶。

② 凤池：此指清朝道光年间从台湾赴福建应试的林凤池。返台时，他从武夷山带回了36棵茶树苗，栽种在台湾南投县鹿谷等地。因多在千米以上的高山上，云雾缭绕，雨水充沛，得名为冻顶乌龙茶。龙泉：此指武夷山大红袍茶生长地。大红袍茶过去主要为贡茶。

③ 基隆：此指台湾的基隆港。鼓浪：此指福建省厦门市的鼓浪屿。妹郎：此指两岸不仅通商，而且两地联姻甚广，也泛指失散多年的亲人。

④ 半球：此指乌龙茶的造型。墨绿：此指成型后乌龙茶的颜色。老来狂：指乌龙茶放置二三年后，冲泡时仍然喷香扑鼻，不减当年。

西湖龙井

佳话两堤千古臣，乾隆御赐后来人。①
临安可比天堂美，山水相约盛事真。②
炉上壶吹三国志，口中轻品一缕春。③
东湖问政西湖柳，谷雨春风远近亲。④

注释：

① 两堤：此指西湖的白堤和苏堤，白堤即白沙堤，白居易为此留诗"最爱湖东行不足，绿杨荫里白沙堤"。臣：此指苏东坡。

② 临安：现杭州市。天堂：此处也指杭州，有"上有天堂，下有苏杭"之美誉。

③ 三国：此指历史上三国时期的曹魏、蜀汉与孙吴政权统治区域。

④ 东湖：今陕西省宝鸡市凤翔县境内的东湖，为宝鸡市风景区。当年苏东坡在凤翔做官时曾将东湖整治一新，遍插垂柳。后去杭州，依然整治河道抚慰百姓，治理西湖便是主要功德之一，已成古今中外的风景名胜之地。谷雨：此处既为茶，又为节气。清明、谷雨时节做的茶为上等绿茶，尤以西湖地区龙井山麓为佳。

西湖品茶

学步蛇娘戏断桥，手摇折扇柳缠腰。①
飘来一阵清香味，插入几声梦寐谣。
虎背龙椅双凤座，八仙台桌四妹娇。
狮峰剑叶徐徐绽，织影苏堤炉上箫。②

注释：

① 蛇娘：此指《白蛇传》中的白娘子。

② 狮峰：此指西湖龙井山狮峰茶。

西湖十八香

天下传奇第一茶，想喝龙井到梅家。

清香了却额娘郁，傻气捻揉皇帝芽。

从此钱塘潮起落，之间御贡马飞沙。

狮峰玉翠风云谷，湖影云栖追月华。

注释：

笔者多次为西湖、龙井做诗，此为其中之一，再次赞美西湖龙井茶。梅家是指梅家坞山所做龙井茶。额娘：此指乾隆生母。紧随钱塘江的潮起潮落，品鉴着龙井茶豆香悠然，思绪飞入贡茶古道的尘沙暮色。望着狮峰的玉翠云谷，带着西湖的浮光掠影，去追逐云栖山月华梦境，是唯美而又飘然的。

富阳龙井茶①

一杯龙井乱飘香，过道涌来猜紫阳。②
又问钱塘潮几时？笑言灞柳弟三郎。③
齐呼玉帝神仙乐，敬告苏堤富浙商。④
吹得叶公云雾远，清明正好泡鹏翔。⑤

注释：

① 富阳龙井茶：据介绍，该茶产于杭州市钱塘江上游富春江与千岛湖中间的半山腰，在西安注册商标"山云"。

② 紫阳：此指陕西紫阳富硒茶。

③ 灞柳：此代指笔者西安灞桥的朋友。

④ 富浙商：此指浙江富阳商人、西安市杭州商会常务副会长王峰先生。也含对浙江商人的尊敬。

⑤ 鹏翔：此指陕西汉中鹏翔绿茶。

辛卯杭州茶叶国际博览会

家园荟萃过西湖，冲泡门迎品一壶。
南北青青尖上客，东西茸茸面红姑。
勤工化作明前蝶，汗水浇开谷雨途。
盛世常饮康健露，娇屋虽好记藏厨。

注释：

　　杭州确实国际化程度高，办个什么展览都会引来许多外国商人。不像内地，每次举办国际性展览总要费很大的劲，最终效果依然不如人家。此次来参展也同样如此。陕西来了几个大的茶企，展位也比较醒目，但不会借势张扬自己的展品，问茶的客商有，但坐下来谈的不多。这时刚好遇到了中茶院的领导过来打招呼，对陕西茶叶的认可度也很高，同行的人非常高兴，一致认为遇到内行了。随之说了很多关于陕西的茶故事，散了。

摇 春①

远方戴叔示摇春，央视姑娘问月轮。②
叫醒阴阳太极叶，匀香忙碌做茶人。
翻江倒海高低里，传承父子老少真。
一杯明清鲜雨露，满山翠绿孟婆身。③

注释：

① 摇春：此指茶叶晒青后进行摇青程序。

② 戴叔：是央视记者现场采访姓戴的大叔。

③ 孟婆：我国传说中的神话人物，有孟婆汤、孟婆魂之说。

茶喝清香也醉人

昨夜新茶醉吾身，醒来说似酒迷津。

一杯谷雨三杯水，几处闲情多少人。

都是清香惹得祸，这般风采才维真。

韩家炉火行天月，直暖隆冬赛小春。

山乡茶语

第三篇

197

注释：

　　夜雨，留人在韩星海先生茶屋，刚好新茶在手，趁机泡一杯，美美地喝个痛快。然不曾想到，茶香醉人，似酒迷津在东山。好一杯谷雨浇人，闲情几处，风流偶傥，浮想联翩了。

品 茶

家常聊到娶新娘，身在老秦根闽乡。
闯荡三年开眼见，学成一业悟茶香。
广交天下酸枝案，甘拜英雄乌龙王。
南北精华陈列此，凭缘带友购诚商。

注释：

到安康调研遇一福建人在此做茶，问其究竟。因在此服役三年，回到老家发现都在做茶，便也学些技能和对茶喜好，但却难以致富。于是决定带着家人来安康做茶挣钱。二十年前的安康做茶人还很少，规模也不大，过日子已经没有问题，且茶叶生长环境好，市场潜力大，又有在此生活经验，熟人和朋友也多。实践证明这个决策是正确的，几年下来，不仅做了茶挣了钱；而且有了自己的地盘和市场，感觉非常好，便让两个闺女也跟着自己一起做着茶的买卖到今天。

贺《华商报》春茶擂台赛

自古长安迎客忙，英雄择路聚华商。
擂台不布龙门阵，佳品可封秦岭王。
闻看巴山青翠叶，啜饮汉水圣茶汤。
生津婉约回天地，袖舞才情春艺娘。

注释：

　　看到《华商报》所举办的陕西春茶擂台赛，着实令笔者感到高兴。大秦岭是泱泱茶苑，近年又发现大量古茶树，真是锦上添花，让人欣喜。然而外界很少有人知道，包括业内许多精英也未必知道一二。自古陕西出茶，出好茶，茶圣陆羽在《茶经》里早有明述。香港参展留给笔者的阴影一直盘桓脑际，挥之不去。从陕南三市看占地和亩产都算得上是茶叶大省了，这么多的茶卖到哪里去？隐患是不少的。若要是像有的年份苹果、梨或是猕猴桃那样，山一般地闲置在地里，甚至烂在那里，那就可惜了紫阳真人的苦心修炼、诸葛亮定军山的神机妙算、洛水岸边秦王给商鞅殷实的封地了。现在种茶、采茶、制茶的成本已经高不可攀了，日趋竞争激烈的茶行业很难说，再过几年下来，陕西的茶农会是什么个样子？千万不要出现砍茶树种甜菜的场景！近些年，有的地方也曾搞过类似推介洽谈的茶事活动，多半雷声大雨点小，雨过地皮湿，既不解渴，渗透力也不强，没有起到真实的推销作用；有的茶业中介机构也不断地做些茶文化活动，终因势单力薄成不了气候，不能在当下产生很大的影响。此次春茶擂台赛能比出"品牌"茶、"制茶高手"和茶艺佳人；又有《华商报》这样的大媒体主流品牌，效果肯定会很好的，让我们拭目以待，静观胜景吧。

武夷岩茶

初上武夷山孟春，方知岩树是茶身。

盛传最好红袍下，可见清新绿叶臻。

乌龙换纱静幽谷，观音点露泽臣民。

梅家溪渡船歌远，一路闽香洒北轮。

注释：

武夷山出岩茶是肯定的。因为南方有山多为沙岩红石类的，许多又为喀斯特地貌土石相间山包，宜生茶类草本植物，常年灌木丛生。按照陆羽《茶经》记载，上好的茶都生在砂砾层上，其次为沙土砾石，再者为黄土。武夷山岩石丛生，雨量充沛，阳光充裕，四季有风，且潮湿闷热，冬有寒可耐，夏热风雨相间，最适合茶树生长，且茂盛高产。故近年来，当地依据《茶经》广为宣传岩茶、小种等茶性特色，来提升茶的知名度。

上山歌下山茶

晨曦破晓上云山，再受仙赠十八湾。
歌放豪情男女热，香飘秀美客家还。
忙闲总在烟村里，苦乐悠然老少班。
带月归来灯火下，品茶过后夜斑斓。

注释：

为茶人唱歌是常有的事，也是快乐的事。而笔者的歌里有着茶农们的艰辛、痛楚与无奈。他们披星戴月从很远的家出发，有的会有七八里的山路要赶，其间过独木桥、悬崖壁、豺狼路，危险无时不在。绕过十八湾，才能见到一天最早的阳光，歌声也才能响彻山谷云端。繁华的都市是他们梦寐的地方，然烟村更是他们眷恋的窝棚和幸福的巢穴。他们周而复始地在山间地头忙碌，只为有一担称心如意的好茶，就十分知足了。为茶人唱歌要用心地唱，动情地唱，给力地唱，才能真正唱出他们心底的歌。

渭北苹果陕南茶

渭北频传圣果香，秦巴故里热茶场。
延安火种洛川会，南郑风情汉水狂。
伊甸园中男女好，安康城里客家忙。
漂洋过海畅销品，欢乐迎春到紫阳。

注释：

　　欣喜的事不断传来，渭北绿色的黄土高原适宜苹果生长，秦巴的丘陵地带适宜种植茶树，遥遥相望，却有着惊人相似的喜悦。苹果丰收了，茶叶也丰收了。延安的火种，洛川的智慧，南郑的古树，汉水的茶香，都包含着伊甸园的美好愿望，和农人对生活的憧憬与远大的理想。如今苹果已经大规模地远航，陕西人正努力地使苹果的艰难旅程复制给古老的东方神树，还原她昔日的风貌和魅力，使这一健康的茶元素成为他乡的精神食粮。

◆ 雪单枞 ◆

隆冬好意一单枞，浮动奇香蓬雪风。
深厚悠然粗犷叶，轻盈涤荡大江鸿。
潮汕古树凤凰立，雁塔禅茶女儿功。
南北腊梅为茗绽，紫阳乐在我心中。

注释：

单枞是茶的名称，盛产于广东潮州一带。雪单枞，顾名思义，是味道更加浓烈厚重的茶。她有别于乌龙、观音等半生茶，又从属于红茶的浓郁，有高香、蜜甜、果香类等。粗犷豪放的大叶片，充盈着丽水碧泉，如凤凰展翅，禅女飞舞。雪单枞更是如腊梅绽放，品过一口此生难忘。

寻找狮峰

一座茗山几座峰，云栖虎跑共朦胧。
梅家十八龙茶树，泉口孤溪僧寺宫。
苦寻翁家萌竹道，恰逢众口赞乾隆。
林荫之外萌芽地，宝玉一声姊妹红。

注释：

　　寻找狮峰山是件很苦的事情，跋涉路在疲惫中不断消耗着体能，盼望的眼神迷茫在雾朦的山麓，绕过复制的龙井十八树，还不知攀岩在何处伸脚。带着郁闷的心情，敲开了僧侣的门，"遥知不是雪，唯有暗香来"，和尚的笑声打开了心扉的闸门，踩着狮峰山，循着张果老的"唱本"，一行人终于醒悟在"林荫之外萌芽地，宝玉一声姊妹红"了。

怡然古茶树

拜物横流像过期，思求古朴找云西。
先脱俗念厘清欲，再问闲情断梦时。
景迈香樟澜沧水，布朗山族南糯枝。
闲栽嘉树开天地，游走茶乡仰岸堤。

注释：

　　古茶树是神奇的树，百年树，千年有之。当年为了寻找古茶树，笔者也曾从一个山头向又一个山头出发，终于在西双版纳南糯山的晚霞里了却了心愿。随着茶亲们、茶痴们和追利者的足迹不断深入，巴蜀深处、大西南山头成片的古茶树，被带到了人们的视线里，成了向往，成了奢侈，成了艺术，成了保护之树。问历史，找源头，闲赋诗，高唱歌，她是使节，她是神祇，她是喜悦，越来越为茶人们创造出想像的魅力、离奇的情景，并将继续这样的梦，要很久很久。

咏《茶讯》

一帧宝典释清新，对月临风山水亲。
期待初春诗叶翠，唯怜盛夏赤炉贫。
默然页页悄声过，慢读篇篇最是真。
莫问红黄青绿色，书香回味故乡人。

注释：

　　《茶讯》杂志是一部专业性极强，又十分通俗易懂的大众读物，且配有大量茶自然和茶文化图片，具有很强的艺术性、观赏性、科学性、指导性、可读性，故事、佳话、经验与诗文都特别地吸引人。每每拿到后总有爱不释手之感，留存很久。若手持茶杯，轻抿香茶，眼观美文，则有飘然之意，静心浏览，仿佛临山近水，一切尘缘尽在天外。真可谓"默然页页悄声过，慢读篇篇最是真。莫问红黄青绿色，书香回味故乡人"。

祝仙仙普洱茶开业大吉

一梦青山古树茶，重生岁月帝王花。①
长安待客新娘舅，葡国迎亲老友家。②
蓄势大唐行丝路，征程罗马走天涯。
文吨羽化陶都水，写意春秋温故霞。③

注释：

① 一梦："澳门仙仙普洱茶"大观园主人陈文吨先生的母亲做了一梦，见普洱重生，便取名仙仙普洱茶。2015年4月18日入住西安国际茶城，投资八千万元的两层茶楼，批发兼零售，展茶、看茶、品茶。

② 新娘舅：南方地区把娘家人叫做娘舅。葡国：此指澳门。

③ 文吨：此指陈文吨先生。

祝中国茶叶学会年会圆满成功

古渡咸阳论翠芽，群星皆赞我中华。
海泉泾渭甘甜水，炉火金花浓郁茶。
布谷富硒秦岭路，清明雀舌赤云霞。
捧出一品商山叶，北郭采珍送万家。

注释：

茶叶，是古今丝绸之路上的重要媒介和商品，当然也是中华文化的一个特别神奇的平台。陕西在古丝绸之路上曾经展现过她光辉灿烂的一页，同样在今天的新丝绸之路上，她依然是开拓者、试验区。以茶叶为代表的文化商品又成外交的新"丝路"，中国茶叶学会把年会放在古渡咸阳召开是十分正确的，也是十分及时的。

第四篇

茶海撷英

访 菊

净身沐浴拜黄花，一路盘桓到菊家。

野路簇拥草丛里，茅屋散落菜畦笆。

向山五十林荫寺，坡下星云僧客霞。

君子不生俗缘气，偏听隐语悟禅茶。

注释：

把菊列入茶系列是我们的祖先发明的。菊花在我国历来被视作众多苦口良药中的一味。现实生活中菊花茶、菊花酒、菊花饼、菊花糕等，无不把菊花视作日常的健康保健用品。在佛道两家中，菊花依然被视为茶类用品，广大的僧侣们、隐者们也视菊花为高贵脱俗之花，自喻而比，栽其房前屋后，朝夕相处。东晋诗人陶渊明就有"采菊东篱下，悠然见南山"之佳话。菊花这样的植物生命力极强，有泥巴的地方就可以展现其特有的美。所以，菊花也是广大民众十分喜欢的越冬植物。尤其近年来，菊花繁殖创新出很多的花型和科目。但这不是笔者此诗的原意，这里的菊花是指自然生长在高山峡谷、旷野废地处，也可是旮旯一隅之处的野性未脱之菊。故有访菊之说，也实谓是造访山野之客之意。

采菊（二首）

一

满筐杭菊小白花，无数枝头照落霞。

息汗芳巾招蝶舞，遮羞凉帽赶蜂哗。

一串笑语惊鸿雁，齐唱红楼叹玉家。

晚艳草堂忙问切，冷香热土种奇葩。

二

登高必去少陵坛，遍地黄花令女欢。

浮动清香闻秀色，谁摇玉骨醉斜冠。

吟蜂独占新鲜处，恋蝶猛攻丛草滩。

恰好间隙顾不上，匆忙一把向前团。

注释：

杭菊：此指杭白菊。玉家：此指小说《红楼梦》中林黛玉和贾宝玉。晚艳、冷香：菊花别名。问、切：指中医看病的传统方式。少陵：此指西安市东南郊一黄土堆积的高坡，在浐河和潏河之间，谓少陵塬，也称杜陵。蜂蝶与人争相弄菊，害得佳人不敢上前，心在痒处，胆在怯火，偶然"恰好间隙顾不上，匆忙一把向前团"。

人在草木间

残　菊

数九霜淋万物寒，东篱更遇北风残。
折枝依旧魂灵在，倒伏修养气质宽。
扎下三尺接仙气，盛开千朵笑天滩。
随缘处处神医采，远近年年做药丹。

注释：

　　笔者喜欢残菊，它实乃身残志不残，残型越发得健美。重阳之际，霜雪来临，栅栏外，土堆上，沟岸渠边……只要有一缝隙处，尤其太阳菊就会在此迎风招展。这种折枝灵魂在、倒伏气质宽的精神着实令笔者欣赏而折服，每遇此景总要思考些诗语来表述心中的敬意。"扎下三尺接仙气，盛开千朵笑天滩"是笔者对她的真实感悟和由衷赞叹，并会永远这样地钦佩爱戴。神医采菊自然是因她对芸芸众生有着无限的妙用和神奇的疗效。

陈文华教授与皇菊

毕生寻觅著农章，梦绕稻花愁米乡。
重走野村绕碧水，再侦古宅尽粉墙。
倾囊规整朝霞路，滴血抚平晚谷场。
青石香樟赋皇菊，桃源画婺傻陈郎。

注释：

　　陈文华教授是原江西省社科院副主任、我国首位农业考古学家、教授。他退休后携夫人一同前往江西省婺源县上晓起村，在考古过程中，决定与当地农民签订合同，在试种水稻不理想的情况下，赔款后，利用婺源得天独厚的山乡地理资源，开始培植皇菊，并取得大面积栽培成功。同村和邻近的乡亲们也开始学种栽培皇菊，收到非常好的效果。陈教授也逐渐成了远近闻名的农民致富带头人，在乡镇经济发展中探索出了一条新的发展道路，受到了高层的重视，并使当地成为新的旅游胜地。现如今到婺源参观的旅客络绎不绝，使这个原本有着浓厚历史文化与大量贤者的地方，越发成为了诗画的故乡。诗中，"野村绕碧水"是陈教授去前的境况，

"粉墙"是说此地因与浙江和安徽两省交界，都有徽派建筑风格，一色的白墙黑瓦。"青石"是指这里的路多半是青石板铺成的老路。"香樟"是指当地盛产香樟类大型灌木，过去不被外界所知，故在此比作世外桃源。"陈郎"即陈教授，现已故去，是世界农业发展领域的一大损失，也是我国茶业发展领域中的损失。笔者因为爱好茶叶，并有大量茶诗被陈教授主编的《农业考古》杂志采编，而认识了这位前辈，虽未谋面，然十分敬佩，写了多首诗来赞美他、怀念他。

山 菊

目触清新蒿草藏，此生山野伴寒疆。
为君知友梅兰竹，成佛修仁绝律章。
甘为牛羊踏青路，愿呈男女爱花房。
陈郎培育黄金甲，药圣只摘天地香。

注释：

梅兰竹菊四君为物聚之榜样，多为人向往敬爱。尤在兰菊，草科植物，常隐杂草，唯爱兰爱菊之人才能过分地关注她，敬重她，发现她，并视为挚友。笔者多处写菊，实因菊缘，甚为钟情。菊也是药，常入禅房，醒脑提神，性苦味甘，直达中枢；牛羊偶食，不知其感，然男女青少年总是欢喜，皆作美化之草，点缀表里。陈郎文华教授和药圣孙思邈都是古今爱菊之仙，并施芸芸众生，是为大爱，自然应咏之。

问菊（二首）

一

纷争碎语叩东篱，己见潇湘垂询疑。

旷野精灵谁尊敬？冰天使者鬼何欺？

无辜敢惹村姑嫌，有意会失贤客诗。

幸好价廉收做药，女郎也要戴花枝。

二

百花开过始孤单，偏爱葳蕤雨露寒。

争艳谁怜霜冷色，更维帝令玉炉欢。

小家自乐秋丛绕，大地声歌春一拦。

不羡荣华香如故，清新何惧鬼来伴。

注释：

潇湘：此指小说《红楼梦》中"潇湘妃子"黛玉。小说有"菊花诗十二题"酒令，其中"问菊"为潇湘妃子所作。

婺源皇菊（二首）

一

金花丽水步重阳，诗里疯狂读婺乡。
本草清心安旧药，归田栽种送新娘。
温情独守东篱下，野性频开南紫阳。
雄辩晦庵梳理学，欣赏明月懂寒霜。

二

绣球翻滚落花欢，淡泊浮沉释水寒。
春育青苗天地立，秋收金魁纵横宽。
婺山沃土庄园客，江水清波老宅丹。
惠菊知陈情与爱，牧歌挽月梦怜安。

注释：

　　婺源位于江西省上饶市，在赣、浙、皖三省交界处，历史上属于古徽州县之一。宋代著名的理学家、诗人朱熹的祖籍就是婺源。

人在草木间

已故的农业考古学家陈文华教授，从江西省社科院领导岗位上退休后，携夫人来婺源旅游时，发现婺源还是一个风景秀美的原生态环境，于是决定在此种水稻，但未获成功。于是，他根据当地的气候和地理环境，研发种植菊花，既得良好效果，并引导这里进行村镇改造，原则上依然保持原有的地形风貌不变。一个典型的乡村旅游风景区在大江南北广为传播，来此写生、创作、摄影及以驴友为代表的群体络绎不绝，蜂拥而至。可惜的是大学问家朱熹、陈文华他们都离我们而去了，写了这首诗来纪念这两位伟大的人物。

心怀野菊花(二首)

一

心存感叹沐寒霜，步入冰天依旧狂。
百艳不弃待梅子，重阳正好伴枫郎。
疏风明目清肝涩，发汗定神通络康。
多少风流棚走出，孤霞钟爱此芬芳。

二

兴庆湖滨展菊花，金钩墨蝶入园家。①
殷勤赏客巡宠爱，伴着格桑看落霞。
长安香阵黄巢梦，太白清幽彭泽鸦。②
一心相守霜寒日，无碍颐养苦乐茶。

注释：

① 兴庆湖：该湖位于我国最古老的历史文化遗址公园——兴庆公园，坐落在百年名校西安交通大学的北边。金钩、墨蝶：通指人工栽培的菊花。

② 黄巢：唐时农民起义领袖。彭泽：此指晋朝诗人陶渊明。

◆ 雪 菊 ◆

孤芳蛇目拓天涯，辽阔昆仑是我家。
勇士寒风当凛冽，山姑峭壁作奇葩。
晕红血色通筋络，倒影冰峰降脂茶。
灵秀金边起香舞，清明云雾吐精华。

注释：

野生雪菊在西北是十分罕见的，一般都在高寒地带，空气特别清新的环境里。近年来在天山和昆仑山一带有了人工繁殖基地，开始在内地销售，被常人接受，其疗效也越来越明显了，故作了这诗来赞美她。

野 菊

笑纳寒风作护兵，甘心冷落练霜英。
一杯苦涩心田润，四季良医立志营。
枉送群辉至峪口，真随日月向梅行。
陶家盛绽千年色，画菊东篱万种情。

注释：

　　虽然娇小，却野性十足，无论春夏长叶，还是秋冬开花，命都极旺，笔者很赞赏。她像硝烟中的勇士、运动场上的健儿、山野里的男人，所以，笔者已早视其为老朋友。她丛生也罢，独立也罢，根茎只要挨着泥土必能滋生出新的生命，无需你的精明技艺和苦苦用心，有了日月和雨露就显露出她的精神、魅力与个性，她的美也随之绽放在天地间。石缝里哪怕有半块泥疙瘩，她那如迎春花般丰满的枝条上，花似星河，蓬勃发达，张牙舞爪地向前伸展着。每每看到此景，不由得让人心生爱怜，驻足凝神。你若低头闻闻，浓郁喷香，药味青涩刚烈。又小心仔细，生怕打扰了她，惊动了春天带来的清新之梦。笔者便认定她有与生俱来的禅定功力，这种功力要比乾隆皇帝从龙井山带回京城的茶香味高出数倍。

忆 菊

小女花环佩菊冠，春盈吚语逗妻欢。
泥坡栽种无根草，石桌展开空想兰。
三岁能知九天雨，如今攻学异乡坛。
护城秋月悄然走，犹记心中小野餐。

注释：

　　这首忆菊诗专为小女所作。家住西安东门时，她才蹒跚学步，星期天领她到环城公园玩耍时，对开在土坡上的菊花发生兴趣，蹲在那里许久都不离开。笔者也十分好奇，小小年纪对这种植物有如此的爱好，是很难得的。后来去的机会多了，也有意让其观察，上小学时作文里还专门写过。再后来去了沣峪口等地，见到更多的类似菊花，全家人都相当地敬爱她，不时地走到了笔者的文中和诗里，成了笔者的好朋友。

❖ 咏 菊 ❖

天生傲骨立寒疆，一片冰心聚散香。
独绽金钩悲祭台，群辉银月照禅堂。
百般野性烟锅煮，三件家珍紫壶藏。
莫占山秋几薄地，吾携老少作耕床。

注释：

　　视野菊为老朋友已有年头，她留给笔者野性的清香今生今世是抹不去的。梦存着她，宛如自在乡野，兜着四季，伴着至爱。你眼涩无力、肝脾不畅、气血瘀滞，烧壶开水冲冲泡泡，牛饮也好，慢品也好；煨汤作药、煮成菜粥都行，她绝不嫌弃贵贱贫富，也不因你对她好坏，待她亲疏，有何吝啬、蹦出伤害之意。你若已经心明眼亮，肝舒胆畅，神情气爽，她也无需你的赞美、褒奖、祈祷和热情。她就是一株草、一朵花，她叫甘菊，菊花科里的一员罢了。

菊　缘

皇冠浓烈瘦冬场，性野犹存风作狂。
相识东门城河上，随缘西路栅栏旁。
朝夕聚散不宣会，天地同根清净香。
几上南山借莹露，欲修来世菊花郎。

注释：

　　笔者与小小的她相识是随着小女的降生开始的。那时家住古城西安东门外与小东门间，有护城河相隔。她小脚会下地行走时，我便牵着她蹒跚地向由城墙与河岸形成的环城公园走去。说来也怪，这硕大的公园里耍杂遛狗玩鸟的有；卖糖葫芦、小风车的有；玩电动玩具、放风筝的有……然这小家伙偏偏蹲在一小簇黄花前不愿离去，让我好奇又思绪万千。随着进小学上中学，这一黄花也不时地出现在她的练笔作文里。每到节假日一家三口也常去南山，不时被草丛中冒出的零星或成丛的黄花所吸引，黄蕊极密，清香四溢，野蜂嗡嗡，彩蝶依依。经秋摇曳的风虽能使万物凋敝，渐黄渐枯的杂草已无往日的猛劲，只待冬眠。然这小黄花像似青春孟浪，铆足了劲地向上疯狂地怒放，明亮光鲜，每片花瓣都努力地张扬着个性，突现在坡上坡下、溪边路旁，展示着生命的活力和能量。母女俩惊喜不已，急着扎花冠、做花环，一时声歌蝶舞，飘扬在春秋羊肠的山路上，大有"采菊东篱下，悠然见南山"之势。现如今，小女转岗工作，夫人也已退休改行，但对小黄花的挚爱仍不减往日，闲情逸致都揉在插花、做茶、移植之间。

初动酥油茶

怀抱虔诚尝秘茶，青稞草地藏红花。

一壶拜到西天去，八角飞回极乐鸦。

漫步云乡少言语，转经月夜数袈裟。

文成好似观音佛，十万绵羊咏赤霞。

注释：

　　有幸去西藏拉萨，初次接触到了真正意义上的酥油茶，留下了极为深刻的印象。这种初闻膻味极重、饮后又觉厚重的茶，在藏区和内蒙古等地是乡亲们必不可少的家常饮料，对她有着特殊和深厚的感情。无法想像，在这里如果没有了这样的圣饮，还能有什么东西可以来替代？而这种茶又与内地的茶叶有着千丝万缕的关系。她是以陕西省泾阳县的茯砖茶为原料，与当地牛羊奶结合，煮、熬后制成的；有时会加入稍许的盐，有时还加入少量的其它中草药，成为时尚的保健类饮品。这类酥油茶既能生津止渴，又能顶饥耐饿；既有高热量的成分，又有粗纤维的功效，所以，深受当地老少的喜爱，可谓家常便饭。在八角街、大昭寺、布达拉宫等藏民朝圣地，朝圣者大多随身携带的东西除了酥油茶和干馍外几无他物，这就是朝圣者的精神和境界。

诗中"西天"是朝圣者日夜向往的圣地，只要有一壶酥油茶就足够了。"鸦"：此指乌鸦，在这里乌鸦与其它众多的鸟都是圣鸟。"红花"：此指藏红花，是极为稀少的宝贵药材。"少言语"：此指牧民朝觐的地方是神圣的，不能有声响，以免打扰了圣者。"文成"：此指文成公主。"十万绵羊"：是说文成公主为藏乡带去圣物，使藏民们在寒冬腊月维持生机，是天赐的圣意。

初识乌龙①

精修战袍裹龙躯，入水开张挤御壶。②
谷雨轻声香四溢，重阳经久涩三呼。
闽南岩石云崖路，台北槟榔冻顶图。
巴蜀仙毫朝与晚，腹空莫碰小青乌。③

注释:

① 乌龙: 此指乌龙茶, 是福建、两广和台湾地区盛行的常见茶叶。原料都是树叶, 只是制作方式差异较大, 采摘的季节主要是夏秋。

② 战袍裹龙躯: 是对大红袍的比喻。闽南、台北、冻顶都是乌龙茶的主产区。

③ 巴蜀仙毫: 是指川陕秦岭山脉一带, 以清明、谷雨前后的生鲜茶叶而制的轻柔明朗绿茶, 整天可饮。小青乌: 是指新乌龙茶, 作者感觉空腹饮用伤脾胃。

初咏六堡茶

一腔热血练神功，绕梦青山做国红。①
发汗三身能破铁，沉思数月定通风。②
养心佛道醇绵入，励志墨家深化中。③
驾鹤杭州擂台赛，千年老字过江东。④

注释：

① 国红：指六堡茶。认识并品味六堡茶是数年前在广东东莞品牌店里的事了。茶汤红润清亮，喝之醇厚绵柔，背汗沁出，十分爽朗，记忆犹新。之后，在《茶叶信息》杂志上常有图文展现，也感欣喜。拜读江西省梧州茶厂何志强先生《中国梦三鹤梦》，见其秉持"老字号"古韵，国红的形象，彰显兼爱之情，利于天下之魅力，笔者呈诗互勉。梦：指何志强先生的中国梦、三鹤梦。

② 铁：此统称黑砖茶。沉思：喻六堡类黑茶的发酵工序中沤堆过程，成茶可久存，但要通风。

③ 墨家：因墨家有兼爱、利行天下等宗旨，江西省梧州茶厂的理念含有此意，故以墨家精神鼓励之。

④ 驾鹤：古有"腰缠十万贯，驾鹤下扬州"之说。此意为梧州茶厂的三鹤六堡茶已经多次荣获国内外茶类评比殊荣，当然也乐意到杭州参加各种擂台赛。老字：此意指"中华老字号"品牌商品。

春秀翠茗叶

深感东风惬意身，满街忙碌卖茶人。

不知清秀玲珑翠，哪晓红汤地道真。

正采尖尖整山绿，巧合款款一家亲。

一江春水门前过，万种风情寄月轮。

注释：

　　到云南任何一个地方几乎没有碰不到卖茶的，昆明大街小巷的茶行、茶铺琳琅满目。诗，是笔者首次去云南昆明，在翠湖闲玩时，在众多卖茶人的热情吆喝下，从喝茶、说茶、品茶到买茶后，所感而作。总之，当地商家十分精明善谈，离开时，顾客多少都会买些送客或自饮。云南红，也叫滇红茶，是云南红茶产量最大，也是最有名的红茶。翠湖是一个十分雅静、秀美的市内湖泊，在这里赏荷喝茶惬意悠然，清风徐来，红汤照人与天，聊一聊当地少数民族风情，说一说云南过桥米线，真正地让人流连忘返。

春芽

清风几日过山乡，老树枝头雏鹅黄。
莹露霞光天一水，野村秀色茶满场。
摘来揉捻精神气，送入翻压质品芳。
女儿亭亭玉立秀，临泉春舞闹红妆。

注释：

惊蛰后，茶树枝尖刚露芽头呈鹅黄色，有寒意却显精神，昂然的生命就这样在山岩砾石上诞生了，一天一型，一时一型，大有亭亭玉立女儿之秀，格外夺人眼球，幻化无穷。许多地方不到清明就开始采摘做茶，因其过于娇嫩，新茶叶出来后不耐泡，一二水后就趋淡然。但因市面上稀少，常有高价收购，成为时尚宠物。

村里毛尖

深山古树做茶郎，一叶翠壶三里香。
春采绿荫花领舞，秋收红叶鸟说忙。
浮云潜入炊烟里，骤雨飞出峡谷墙。
苦涩搓揉凝月夜，毛尖村子老作坊。

注释：

毛尖村位于河南省著名的旅游胜地——信阳市南湾湖上游29公里处，那里山势险峻，四季云雾缭绕，风景秀丽如画，有海拔900米以上的高山原始生态茶园。信阳毛尖茶是我国较早生产的优质品牌绿茶，名叫毛尖村，让茶人十分喜欢。毛尖茶是成品绿茶的一种，许多产茶地都可以做出这类茶来。此诗完全出于对毛尖茶的挚爱而作。她们不仅代表绿茶，更是茶文化的一种形式和传承。能创新出毛尖村这个概念，是对茶的诠释，解读得地道、领悟得透彻，提升了高度。

滇红（二首）

一

春城湖畔问滇红，软语川音入后宫。
炭影乌枝鸣翠柳，荷塘碧浪起白翁。
玉龙化作神泉下，小妹玲珑妙手空。
沉静绵柔晚霞里，几回催促记心中。

二

曾经留梦翠湖东，凤庆好时三月风。　①
古树百年鲁史镇，新田故客绍裘翁。　②
双江玉液高原下，一脉西山异域融。　③
勐海泾阳两圣地，回甘再饮国香红。　④

注释：

① 翠湖：此指昆明翠湖。凤庆：云南省凤庆县，盛产滇红茶。

② 鲁史镇：云南省凤庆县鲁史古镇。绍裘翁：我国已故茶叶专家，滇红茶创始人冯绍裘老先生。

③ 双江：此指澜沧江和怒江。一脉：此指横断山脉。异域：此指湄公河沿岸南亚国家。

④ 勐海：云南省西南部一个县，古茶树甚多。泾阳：陕西省的一个县，最早生产茯砖茶。两者汤色相近，口感相同。

东方嘉木

嘉木成茶百种香，神农荼毒一锅汤。

纷纷落下流星雨，款款飞扬山水章。

勐腊千年藏不尽，紫阳世代贡茗忙。

人间草木思无数，皆赞鸿渐经语祥。

注释：

陆羽在《茶经》中开宗明义"南方有嘉木"，此嘉木即茶树。传说神农日遇七十二毒得荼而愈，这荼也即今日所言之茶。今人做茶在祖先的基础上，已经创新出无数个品种。勐腊、勐海等是云南省少数民族自治县，盛产古茶树，如今远近闻名，造访者络绎不绝。紫阳即陕西省紫阳县，也是我国汉唐就开始出产贡茶的古县名域。陆羽的《茶经》为全世界第一部系统阐述茶的生长环境、生产过程、品味爱好及茶具、茶文化等诸多关于茶的知识（鸿渐为陆羽的字）的书籍，因而成为不可撼动的权威，英文名China即是中国茶的代名词。国际上但凡与生产茶叶或与茶有关的故事、传说、佳话及演义等，无不与中国茶有关联。这就是中国茶的永恒艺术魅力和感召力。

敢问蒙顶山

广田万顷翠天涯，您若归心闲此家。①
墨客诗云雨城雾，骚人梦醉叶山霞。②
远呼百丈湖中水，近问七株仙境茶。③
暖湿雅安甘露会，羌乡环绕五莲花。④

注释：

① 广田：此指位于四川省雅安市境内的蒙顶山茶园。翠：此指春茶。

② 雨城：此指四川省雅安市。

③ 百丈湖：此指蒙顶山景区一湖泊。七株：此指茶祖吴理真栽种的七株茶树，后被专门用来作蒙顶贡茶，从唐至清。现为"皇茶园"景点。

④ 甘露：此指甘露峰，又指禅露，隐含风水宝地。五莲花：此指蒙顶山上清、菱角、毗累、井泉、甘露等五峰环列莲花状。

莲香茶

方塘半亩月孤单，玉翠夫人逗弄欢。①
素语千言赞妻品，青茶一袋卧莲冠。②
晨前晶露芙蓉载，午后甘霖雀舌看。③
回首浮生读书少，沈园憧憬已蹒跚。④

注释：

① 玉翠夫人：此指清文学家沈复的夫人陈芸。其喜把茶用小袋装好于当晚放入莲蕊之上，隔日露后取出与泉烹煮，堪称浪漫。玉翠：此一指茶汤，二指茶色。

② 素语千言赞妻品：此指沈复所著自传体小说第二卷《浮生六记》之《闲情记趣》中介绍了其妻莲香茶的妙趣。品：一指品行，二指弄茶之事。卧：此指将茶袋放入莲花蕊中。

③ 雀舌：此指绿茶一款。

④ 沈园：此指浙江省绍兴市沈园，同时表现了陆游与唐婉、沈复与陈芸的凄美爱情故事。

沪人饮茶（组诗）

一

都市繁华不产茶，柜中数典上千家。

休将刻薄精挑选，误读咫尺虫蛀芽。

二

旧时虎灶烧开水，铁锈瓷缸泡沫茶。①

只要清明太阳出，少年跑步买新芽。

三

城隍庙里天天闹，沪上老人当是家。

南货琳琅伙计跑，水烟就着老壶茶。②

四

小资特爱自侍茶，男客受宠脸似花。

幸有东坡佳茗喻，才得深闺一奇葩。③

五

舞文弄墨会宠茶，不显清高谁叫爷。

法佬自言惊世语，哪知茗帝旧秦芽？④

六

席间商务配新茶，不道往昔白水涯。⑤

最是小桥流水处，常开谷雨茉莉花。

七

茗香四溢沪人家，见客杯呈清淡茶。

虚谈近来温暖事，不言远去苦闷爷。

注释:

① 虎灶：过去上海公共烧开水的灶叫老虎灶。

② 南货：老上海人常常把生活类小商品店叫南货店，此处主要指瓜子、点心。

③ 东坡：即北宋诗人苏东坡，其诗有"从来佳茗似佳人"句，是对朋友送新茶的赞美。

④ 法佬句是说许多法国人认为法语是世界上最优美的语言。茗帝：此指炎帝神农氏。秦：即现在的陕西省，秦岭自古产茶。

⑤ 白水：是说过去和上海人做生意，常常是白水一杯。

立 顿

一杯浓烈五洲霞，上下提提小袋纱。
异国传播神圣树，唐装展示我山茶。
标新印度田千顷，气象东方店万家。
莫躁眼前人后事，寂心勤务自芳华。

注释：

　　立顿是当下都市里大众饮品茶，又为白领所爱，是谓快捷饮品。1890年英格兰人汤姆仕·立顿创立了立顿红茶品牌，他聘请了200位普通人穿中国的唐装做广告宣传，提出的口号是"从茶园直接进入茶壶的好茶。"1892年开始在美国建厂，成为国际品牌，从此迅速膨胀发展，在世界各地风起云涌，仅在中国一年的销售额就相当于我国全年出口茶叶的总额。这让中国的茶农、茶商大为不解，但确是事实。现在我国很多的省份都有他们的合作伙伴，或为合资或为独资，市场占有率很大。这件事对一个泱泱大国是极具讽刺意味的，许多人愤愤不平，立志征服，多少年来收效甚微。在一个开放的国度里，文化也融入了世界，市场发挥主渠道作用。只有我们融入了、明白了、立住了，才有可能超越。

勐海神树

版纳风情傣妹妆，谁知勐海古茶乡。

几回梦里云天舞，一展神姿孔雀挡。

背起夕阳糯山汉，放飞远村晚月娘。

百年道劲龙盘树，气度泉听雾里藏。

注释：

　　勐海是云南省产古茶树的县，由傣族、布朗族等多个少数民族构成，民风淳朴，山峪纵横，森林覆盖着万村千乡。笔者在傍晚时分到此，在村长太太的带领下，上了她家在南糯山的古茶树林，从机耕路向上攀爬，深一脚浅一脚，终于在太阳下山前赶到茶树林。这也是笔者平生第一次见古茶树，且是笔者多年来一直未了的一个重大心愿。见到如此众多的古茶树，心情十分激动，感谢上苍让笔者在祖国的大西南满足了许久的奢望。她使笔者看到了眼前的傣族妹，孔雀的影子，最是那盘龙道劲的古茶树，在夕阳的余晖下更显得沧桑古旧，红色的沙质土壤松软陷脚，倒下的枯树枯枝也彰显艺术之美。南糯山，一个多么美妙的名字。这是一个让人久久向往的地方，它的魅力是永恒的、光辉灿烂的。

歌行体　茗怨行

苦乐风光小别峰，凝霜含露入隆冬。

万家共饮茶乡水，谁问田间一老农。

逢春花冠簇拥开，笑语莺歌丽影来。

涉水鸣鸭动晶莹，向山远客踏青苔。

牧童老牛背朝晖，云雀雏燕相对飞。

浮云气散青荷日，翠芽伸展灵秀衣。

轻盈盈，碧波波，坡上坡下王道婆。

路漫漫，道弯弯，声里声外山茶歌。

又是三月过长河，哪有心事乱蹉跎？

青竹背篓装芽芽，蓝布头巾舞纱纱。

啊哟驼背腰成弓，打颤老腿弯成蛇。

垄中日月东西过，家人光景里外赊。

村姑入城变佳人，落荒茶园空星辰。

老夫担挑卖新茗，回来满脸不是春。

倒是新政勤爱民，钱庄羞于把茗巡。

新雨能让狂野绿，我求神仙脱贫身。

注释：

用歌行体的形式来表达笔者对当前茶人种茶、做茶和卖茶的感受，已不是第一次。这种体例的诗，通过不断地转韵，来不断地表达当前的社会境况对他们产生的影响。尤其那些生活和劳作在巴山蜀地的茶农们是多么得不易。但凡有闯劲的男女都到省城打工去了，只有那些舍不得一辈子种茶的人，留在那片古老的土地上了。幸好近年来，当地政府把茶叶作为农村绿色经济发展的主导产业，大力地扶持和鼓励，使得一部分人靠种茶脱贫了，盖上新房，有的还买了汽车。笔者殷切地期望，这只是开始。

茶酒撷英

第四篇

茉莉花茶

清香四溢满屋芳，以为桂花出洞房。

栀子频插少姑卡，米兰独占大哥堂。①

螺春伴着砂壶嘴，竹夏神游瑶梦乡。②

依旧青睐洁白玉，时常惦记老家娘。③

注释：

① 栀子：此指栀子花。卡：此指女性发卡。米兰：此指米兰花。

② 螺春：此指江苏名茶碧螺春。乡：此指笔者故乡江苏省丹阳市。

③ 白玉：此喻为茉莉花。娘：泛指漂泊异乡人的母亲。

奶茶幽香

星星相对玉毡房，可汗漂移古月旁。

升起炊烟家安在，飘来牧笛狗疯狂。

绿荫深处浮云日，白雪风流鞍马郎。

天地赐恩山水好，结缘草木数牛羊。

注释：

奶茶，是内蒙古特有的神奇饮品茶，她与酥油茶有太多的不一样，品过以后，她使笔者解除好多的疑虑和不安。虽然在很多地方曾经喝过奶茶，但2013年在呼和浩特市喝过的奶茶才是真正意义上的奶茶。关于奶茶的生产过程，笔者从影视作品和央视的《边疆行》与《舌尖上的中国》等纪录片里知道了许多常识；也从茶文化的多部著作里了解过她；尤其是在京的内蒙古大厦的早餐上，初步领略过她。终因笔者对膻味的恐惧一直心有余悸，不敢贸然深入。有幸来到呼市，和当地的牧民及朋友在一起，银碗盛满，上面还飘着薄饼，在升腾着的烟雾里，毡帽忽隐忽现，草原的歌声显得特别悠扬、嘹亮和豪放。充满奶香的茶在味蕾上绽放着跳动的浪花。解除了恐惧，接受了膻味，奶茶的幽香是深厚的、绵柔的、津甜的、持久的、生命的。现在提起奶茶就会联想到草原和蒙古包，草原上的绿野新花，天旷地阔里驰骋的骏马，以及古月里飘过的炊烟和牧笛声中豪放的牛羊，奶茶是生命的乳汁、可汗的精神、幸福的味道与母亲的爱。一切是那样得美好，那样得让人难以忘怀。

南有嘉木①

东方奇树入茶汤，天地精神各自香。②

经史传承赠气度，诗词颂赞更悠扬。③

南山湿润寒冬暖，北水风流暑季狂。④

交汇云端生雨露，广播四海好安疆。⑤

注释：

① 南有嘉木：出自陆羽《茶经》"茶者，南方之嘉木矣"。

② 奇树：此指茶树。天地精神：出自哲学家冯友兰先生的人生最高境界，即天地精神。

③ 经史：此指陆羽的《茶经》。

④ 南山：此指茶叶多半生活在山之南。

⑤ 安疆：历史上，黑茶是我国西北地区及中亚各国老百姓必需和紧缺的商品，对稳定边疆起着至关重要的作用。

枇杷花茶

宁海枇杷秀美芽，秋萌冬育叶人家。
青峰伟岸三千树，雨露阳光一路花。
不见浙东朝夕起，先喝建国健身茶。
进京入沪长安好，从此金汤映晚霞。

注释：

浙江省宁海县的叶建国辛劳地研究出枇杷花保健饮品，作茶用，是非常有意义的事情。枇杷本身具有许多的药用和食用价值，是人们生活中较为稀罕的植物，通过陕西茶人联谊会平台，步入西北市场应该是有较好的前景的。笔者有感而发，其中一个很重要的原因，在于他遇车祸而大难不死，凭着顽强的精神，甚至举债和迎来旁人白眼的境况下成就事业。企业家如果都有如此毅力，那就一定会把事情做好。

再咏枇杷花茶

宁海枇杷丝路茶，肺清喉润唱蒂花。①

叶风湖畔秋萌秀，果白谷雨夏色华。②

建立甬城向都市，流行京沪惠人家。③

国威寰宇蟠桃院，醉入绵柔七彩霞。④

注释：

① 宁海：即宁海县，隶属浙江省宁波市。花：此指枇杷花。

② 叶：此专指枇杷花茶创始人叶建国先生，并藏头于后两联。此句是说枇杷花与果的生长习性，秋天萌芽，初夏收果。

③ 甬城：此指浙江省宁波市。

④ 蟠桃：此指王母娘娘宴客的寿桃。

我为德国草药茶点赞

周刊报上载奇葩，德国沉迷草药茶。
敢问教他哪路圣，神呼拜我老东家。
清蒸木叶枝皮树，焖泡根茎肉沫沙。
坚信中医祖传好，别开西域满天花。

注释：

《茶周刊》2015年7月14日B5版刊登了"环球网青木"的文章《德国草药茶，真的可以治病！》一文，引起笔者的关注。草药治病是我中华几千年传承下来的医药精髓，有病治病，无病强身。西医一直排斥中医能治病的事实，并大量研发抗生素。近年来，我国也不厌其烦地引进西方的成果和技术，扩大各自的抗生素类药物用于临床之中。中国科学院广州地球化学研究所应光国课题组发布的一项研究结果显示，2013年中国抗生素总使用量约为16.2万吨，其中48%为人用抗生素，其余为兽用抗生素，占全球用量一半以上。这是多么惊人的数字，也是多么危险的信号，国人就是这样被误导着使用抗生素，笔者为之愤然。《茶周刊》即时地转载了此文，意义重大。此文说，作者在10多年前的一次期末考试时感冒，经由德国学生推荐，喝了德国人生产的草药茶，神奇地好了。当时已经在德国大小超市和药店都有出售，这是让我们太匪夷所思的事。莱福门药茶负责人卡特琳对记者说，不同的年龄喝不同的茶，有儿童药茶，专门开发给宝宝的，孕妇也有专门的产品销售。许多德国人在接受记者采访时表示，药茶几乎没什么副作用。德国民调机构阿伦巴赫最近进行的一项调查显示，95%的德国家庭备有药茶，药茶是德国的"家庭药箱"。而且这药茶还远销包括中国在内的近100个国家和地区。可以看出，对世代出药茶的中国来说，又是极富讽刺意味的，也是非常值得我国中医研究机构和政府管理部门深思的。我泱泱中医大国竟然会如此地落后于人，且在国际药品市场又备受奚落，在一个排斥中医的世界里，人家却可以把草药茶做的风生水起，不学习、不认可都是不行的。

谦益御品①

金田一举号天王，温厚清幽嘉木香。②
南国来宾千古秀，东乡离客百愁肠。③
双刀福记陶然醉，五味英雄凌厉狂。④
无数山崖种灵叶，唯有河马不声张。⑤

注释：

① 谦益：广西武宣县"金龙茶"的商标名称。

② 金田：太平天国起义旧址广西金田。天王：此指太平天国起义领袖人物天王洪秀全。"温厚清幽嘉木香"是说谦益牌金龙茶的特点。

③ 来宾：一指广西来宾市；二泛指客人。东乡：此指广西来宾市东乡镇。

④ 双刀：此指广西兴新茶厂的刁其枢和刁其黔等人。英雄：此指太平天国起义的勇士们。天王洪秀全称帝时，西王萧朝贵曾将金龙茶进贡到天京（南京）。

⑤ 河马：地名，即武宣县东乡镇河马村。

山参茶①

奇珍异宝数参华，崖谷老林归虎家。②

仲夏松涛游胜地，隆冬雪域育新芽。③

长白云雾秦岭秀，神叶金丝合一茶。④

我筑擂台相对应，天池雁塔共飞霞。⑤

注释：

① 山参茶：是一种脱水参叶制作的保健茶。

② 参花：此指山参茶。崖谷：此指长白山森林。

③ 松涛：此指长白山旅游胜地。新芽：此指山参的新芽。

④ 金丝：此指陕西秦岭高寒地带的中草药植物，现也制成了保健茶。

⑤ 我：此指笔者本人。山参茶是笔者邀请来陕西销售的，希望与陕茶共舞齐飞。

山茶树

五月含苞十月花，冬盟四友品山茶。①
尽吸云雾天然气，频送光阴雨露霞。
本是同宗一棵树，各为其主叶籽家。
至今可笑懵懂里，只会三餐不识芽。②

注释：

① 四友：此指冬季的腊梅、水仙、迎春和山茶花四君子。

② 此句是说山茶树和茶树虽为一科，却有着天壤之别。山茶树"五月含苞十月花"，而茶树只是在秋冬之际才偶尔开花，也没有山茶花硕大美艳。很长一段时间里，总是把两者混淆。

开摘丙申料峭茶

冬林通电话春分，料峭风声野绿闻。
正在山中采新叶，还得夜里舞浮云。
送来汉水清香溢，似见宁强鲜味氲。
我做丙申诗一首，相逢执手颂君勤。

注释：

　　丙申二月十三日，是阳历3月21日，也正好是联合国教科文组织1999年3月21日在法国巴黎举行第30次大会确定的每年这一天为世界诗歌日。这一天好友茶人刘冬林先生（因"汉水之春"相识，他粗壮结实的双手与憨厚忠诚的形象令笔者印象深刻）来电说，早春新茶做好了一些，与笔者分享他的喜悦心情。在笔者殷勤繁杂公务的间隙里，巴山蜀水上撒野的春风与都市沉闷抑郁的暖风交汇在此，未见鲜茗又深感畅亮舒坦。"正在山中采新叶，还得夜里舞浮云"是对赶做春茶的真实写照，他们就是这样，到了这个季节开始辛苦、忙碌，是快乐的，当然也是开始承担风险的时候。正因为如此，笔者总是在此时为他和他的同伴们捏着一把汗。他在宁强茶园里倾注了深情与希望，引诱出那些迷人的山珍和生灵，追随的脚步早已如梦般跋涉于绿树草丛。

向往古茶树①

曾经萦绕梦茶尊，藜杖龙须尧帝孙。
红煜醍醐小湾镇，吾辈拜读大秦村。②
西南乔木荫林秀，川北岩沙物化痕。③
凤庆长安千里地，望秋勐海找茗魂。④

注释：

① 古茶树：此指赵红煜先生文章《茶树之源》，介绍云南省凤庆县小湾镇锦秀村香竹箐的一棵距今3200年以上的老茶树。

② 红煜：此指《茶叶信息》2013年第一期《茶树之源》的作者赵红煜先生。大秦：此指秦岭山脉以南都可以栽茶树。

③ 西南：此指我国西南诸省。岩沙物化痕：意思是物化了的古茶树。

④ 勐海：此指在云南省勐海县发现的240亩百年茶园。

六

远行千里带茶囊，壶水暖杯头一装。⑧

白叶单松讲缘份，凤凰仙影在云乡。⑨

七

茶汤沐碗攒余香，若见山间玉树娘。

寒露不曾消我汗，如何越秀踏重阳？⑩

注释：

① 羊城：即今天的广州市。

② 小种：此指小叶种，是按茶叶的分类相对大叶种而说。星村：即指武夷山村。香楼品到晚重霞：是说广州人爱茶如命，有事无事都是茶，茶楼一天到晚都是客人。

③ 古劳茶：为广东省名茶。此句是说广州市许多老太太讲究喝自己钟爱的茶，不惜坐车去很远的地方买茶。

④ 此首诗是说广东很多地方的茶馆，清晨开门的茶价很便宜，二三块钱就可以喝到九十点钟再回家。

⑤ 此句是说在粤语区很多少年就非常讲究喝茶，经商也很早，且志向高远。

⑥ 此句是说在广东很多老板手上、脖子上都是佛珠、玉珠。

⑦ 酒炮：广州当地人把碰杯红酒叫"打一炮"，此为戏说。

⑧ 茶囊：此指装茶具的包。很多广东人讲究喝茶，出差在外要随身携带自己的茶与茶具。

⑨ 白叶单松、凤凰仙影：此指广东名茶。

⑩ 越秀：指广州越秀公园。广州四季如春，寒露时节依然很热。

追寻双城之茶

雍乾谋划继祖先，茶贸兴隆三百年。
今颂双城多趣事，古传买卖诸诚篇。
沟通两地繁华时，直采丹东孤独迁。
不为黄金半分少，只图绿叶在新鲜。

注释：

所谓双城又指买卖城，位于俄蒙边境，一个毗邻恰克图的地方。恰克图，俄语意为"有茶的地方"。1727年建为要塞，次年6月，中俄在此签订了《恰克图条约》，并划定两国以恰克图为界。在恰克图城对面，由当时的山西商人在此建城，从事以茶叶为主的贸易，故称双城。在清代的对外贸易中，中俄贸易占有一定的比例，而在中俄贸易中，恰克图茶叶贸易又是不可忽视的一部分。在18世纪40年代之前的恰克图市场上，俄国主要出口的商品是毛皮，而中国出口的商品主要是纺织品。而在18世纪40年代之后，俄国出口的商品主要是杂项制品，中国则以出口茶叶为主。恰克图茶叶贸易将中俄对外贸易推向了辉煌，不仅给山西商人和俄罗斯商人带来了巨额的利润，同时也为中国和俄国的政府带来了大量的税收，增加了两国政府的财政收入，在中俄对外贸易中扮演了极其重要的角色。直至纪录片《茶，一片树叶的故事》才正式为大众所知。今以诗留作纪念。

紫 砂

生来成就国中华，天地方圆四季茶。
泥石灵泉浮古董，木条雷汉打袈裟。
顾翁炉火提梁玉，秦翠香旗卧石霞。
难得供春偷学艺，引出云粟大师家。

注释：

　　这里的紫砂指紫砂壶。紫砂壶与茶是天然的孪生兄弟或姊妹。一把上好的紫砂壶必然出自大师之手，常人是难以成就的。老艺人、大师顾景舟先生是紫砂泰斗，谁拥有他的作品不仅是金钱上的富翁，更是精神上的拥有者。紫砂壶在制作过程中，要经过无数道程序。笔者因在土窑经常看到制砖的过程，与制壶相比虽是小巫见大巫，然基本程序有许多相似之处。既要有上好的泥料，又要有上好的工艺，才能形成绝配。即便这样也不会百分之百成为经典之作。苏东坡曾为一把提梁茶壶不吃不喝三昼夜。如今制作工艺的水平和工具都发生了很大变化，但依然需要匠人们精心策划、设计、选材和摒心静气地"闭门造车"。紫砂壶既是日用品又是文化作品，更具有精神价值，这也是笔者向而往之的原因所在。

小叶绿

泉溪最好寺山深，打水电烧听妙音。
小叶渐开栗香起，大眼一瞪舌尖侵。
想来手艺真功夫，可比狮峰雾里寻。
谷雨送春绿茶地，美华叙旧会冬林。

注释：

小叶绿是小种绿茶，第一次尝到，不错不错！可惜既无扬子江
中水，也无南山溪上泉来煮茶，只好提壶自来水用电烧开，冲泡冲
泡。仅此也能带来意想不到的收获。视之小叶杯中渐渐舒展，虽无
旗枪耸立之势，但横卧倒立，随遇而安，也是惬意，又秀美外露优
雅。闻之无涩，渐有清香栗味升起扑鼻，深吸则顺畅通气，且轻雾
抚面。啜之惊舌，空蒙腔咙，津甜久远。思之缭绕，尤见柔山柔水
柔叶柔语。唯有巴山蜀水之清澈、明亮与秀美，加之大师的匠心独
具，才可造出这出神入化之圣物。冬林做到了禅茶一心，不得不刮
目相看，拜作大师，也让笔者这样的老茶人直饱五官之福。

茶路（二首）

一

但爱轻风上月山，晨星与我若金兰。

雨前春草追茵绿，霜后秋枝减瘦斑。

闲坐地头看日落，不言溪水走江湾。

倾家护蕙尘心叶，何处佳人助玉环？

二

跋山涉水达青峰，晚露绵柔育翠丛。

自信清香藏诱惑，坦诚色彩显尊容。

温和宁静悠闲意，发膛畅舒醉梦逢。

寻觅广寒一轮月，春秋风雨尽争宠。

注释：

　　我：此指种茶之人。金兰：金喻坚，兰喻香。此指种茶人与星月为亲密的朋友。语出南朝宋·刘义庆《世说新语·贤媛》："山公与嵇阮一面，契若金兰。"

丝路茶乡

奇香西域过胡杨，直达楼兰似故乡。①
出塞姑娘丝茶酒，牧羊好汉草木房。②
驼砖带走沙梁月，商客遥知戈壁狼。③
千里横空万家悦，通红炉火煮陈仓。④

注释:

① 西域：是指甘肃以西往中亚以远地区。胡杨：是沙漠中特有的一种杨树。楼兰：此指历史上的楼兰国，在新疆，是丝绸之路上的要塞之一，曾经非常繁华，充满着深厚的西域风情，是商人向往之地。

② 此句主要是说历史上王昭君和亲出塞的故事。昭君远嫁匈奴，从长安带走了大量的丝、茶、酒等生活必需品，同时也传播着农牧常识，使得两地和睦相处，牛羊成群。

③ 此句是说商旅驼队经常披星戴月跋涉于戈壁沙漠间，带着砖茶等物品，也常常与狼为伴而行。

④ 万家：此指无数个家。陈仓：今属宝鸡市。

老挝古树茶

顺随国展溢清香，古树老挝新贵廊。①

云雾山乡千里秀，丰沙里路万家芳。②

近邻勐腊江城岸，对面村姑戏马帮。③

赶采春秋茶一片，绵柔浓烈感悠长。

注释：

① 国展：中外国际茶展。

② 丰沙里：此指老挝国丰沙里省。

③ 勐腊江城：此指云南省江城口岸，对面是老挝国。古茶树在两国这一带较为集中。

茉莉窨城

周岁茉莉三岁茶，闽江两岸闻香花。

窨城满地观音树，海峡云天碧绿纱。

老巷五更炉火旺，旧楼午后铁壶斜。

曾经盛世都钟爱，央视传播到我家。

第四篇

茶海撷英

279

注释：

　　《茉莉窨城》是福建广电集团拍摄的一部福州茉莉花茶申遗的四集大型纪录片，讲述了福州茉莉花茶的发展历程和文化背景。"窨"字的原意是地下室，顾名思义，就是把相关物品放在地下室更好。茉莉花与茶本来是各自独立使用的，如果把她们拌合起来就可以成为香气扑鼻的茉莉花茶了，这个过程就叫"窨"。一般都是

把春茶做好凉在一边，等待大面积茉莉花成熟时，便开始"窨"这一巨大工程。因整个福州市做茉莉花茶的企业都在此时开工，便有了"窨城"的美称。新采摘的茉莉花都处在即将绽放时，让她与做好的春茶相伴而生，此时茉莉花香气会充分地发散于茶的周身。这样的过程有时要多次，主要是让茶能够完全吸足香气而成真正意义上的一款茉莉花茶。

试说印度红茶

奇香浓郁品清真，挪到菩提净俗身。
天下崇山含峻岭，人间高手调精英。
相争古树鲲鹏种，其实昆仑炎帝巡。
喜好咖喱和草药，三餐汤色似阳春。

注释：

中外饮食有区别，当然也包括茶。但中国茶的清香醇厚，茶禅一味的功夫是别国难以学到和体会出来的，其中印度也不例外。然而他们的茶有着很多的相同或相似之处，味道浓厚、奇香，有时还掺杂些其它成分的味道，也是难以言明的。初始多半不易接受，常觉怪异。十年前去印度，刚端上杯子，一股奇香扑面而来，却无欲望享用，似有印度香之感。即便今天在长安城里，印度茶已经较大地融入中国茶元素，但依然不好接受。所以，生活总是打着本民族的烙印，无论你怎么改变，其本质永远是存在着的。这就是在你尊重她时，就要连同他们的饮食习惯也不例外。

行走的力量

徒步天涯安个家，人生只是一杯茶。
怡然若释高歌去，宁静如禅深树邪。
为爱餐风挽明月，尽忠雨雪对昏鸦。
追寻再遇荒山时，从此桑田自浣纱。

注释：

    茶，是一个给人行走力量的东西，有了她你会觉得清风紧随其身，生津在喉，神思清晰，知心在同。放松的都会放松，放弃的都会放弃，了然自得矣。

【后　记】

　　自小，就从江苏丹阳老家的长辈那里知道了茶与壶。汤是褐红的，喝完茶的缸子壁是褐红的；紫褐色的壶是泥做的，茶总是从壶嘴里流出来，掌握不好喝的技巧就会被烫着——对茶的了解仅此而已。来陕生活后发现还有像砖头一样的茶，叫砖茶。黄河沿岸上了年纪的男人都爱用铁壶或砂锅慢慢地熬着喝。我曾在岐山县城关镇街头，亲眼目睹了三位老农，三块砖支着小铁锅熬着茶，慢聊着闲话，嘴角衔着长柄铜头旱烟锅子，足有半个时辰，才各自掏出一小盏，一人一份，喝完各自散了。想着那一锅茶，熬了半天，就一人一盏喝了，肯定苦涩无比。后来得知，这一盏可干半天农活不用喝水，真乃生津止渴矣。另从《大秦帝国》一书中得知，秦人爱喝酽茶，酽茶即浓茶。可见老秦人这喝茶的习惯是从祖先那里继承来的。

　　至此，亦然不知，茶，还有叫仙毫、翠芽、雀舌、罐罐茶等什么的；更不知单枞、乌龙、观音、龙井等所谓的佳话传说，真可谓孤陋寡闻了。因好奇又喜欢，日常之余，接触茶的机会越来越多，认识也逐渐加深。从看、闻、品、赏，到煮、煎、冲、泡、藏等有关茶的记录中，了解到茶起于周秦汉，兴于唐宋，盛于明清。贡茶、官茶、税茶之事相继问世，还有茶道从唐时已向日本、韩国及台湾等地输出了。茶叶北上走丝绸之路，形成边塞的茶马交易和恰克图中俄茶市。转口北美引发波士顿倾茶事件，继而爆发著名的独立战争。而茶叶在中英贸易中，更是引发了鸦片战争，使我们这个民族为此饱受了因茶而带来的痛苦和教训。

今天仔细想来，茶，这片树叶与我们这个民族的不解之缘是命里注定、与生俱来的事，每一个炎黄子孙是离不开、躲不掉的。我们与茶结缘是件幸福的事，无论你走到哪里，迎接你的总会有一杯香茶；也无论是谁来造访你，你也定会是"请您喝杯茶"。与茶结缘不仅让你幸福，也让你沉思——她是你夜半笔下的沉思；是你适应当下的沉思；是你思索人生的沉思；是你对这片树叶给我们这个民族带来风风雨雨的沉思……茶，也还让你超脱。你对茶的沉思越强、越勤、越深，就会越发觉得自然对你的馈赠越神奇，越富有魅力。你就会越发地向往自然、走向自然、融入自然，大有超凡脱俗、浴火重生之感。那么，用诗来表达对她的尊敬、依恋、关爱和思索，我以为是最好的表达方式之一。

诗，依然是中华民族的魅力，也是我们的精神家园，应是国粹。茶与诗，相伴而生，可谓姊妹茶、兄弟情，天然融合，相悦增色升华。在《诗经》与茶相遇后，便一路和好走来。之前，各自都还懵懂而立。诗在"杭育！杭育！"和"击瓮叩缶,弹筝博髀"声中兴起，继而有了四言句诗，后以五言和七言的古风、律诗、绝句等得到充分发展，至唐宋时二者皆达高峰。以诗写茶，恐要数唐代卢仝《七碗茶》诗最具保健功效了；僧人皎然的茶诗是他阶层最具代表的了；陆羽的《茶经》是最具划时代意义的经典之作了，人称其为茶圣实乃当之无愧；而北宋苏东坡的茶诗"从来佳茗似佳人"应是最具赞美意义了。当代伟人毛泽东先生曾在书房里用茉莉花茶，款待当时的美国总统尼克松先生也早为佳话了。以及众多的茶人、茶诗、茶故事，不胜枚举。然而，诗至今日，长短句自由诗也只是偶登大雅之堂了，用律诗、绝句来写茶，更为稀少。想来真是令人忐忑彷徨，这本《人在草木间》的古体茶诗集，也算作是尽自己一份绵薄的传承之力吧。

要说明的是"茶"字脱胎于"荼"。荼在古书中意为一种苦菜，性甘味苦，可入药可熬粥食之。据有关研究成果介绍，在《诗经》中有七首诗提及荼，其中《邶风·谷风》《豳风·七月》《大雅·绵》三篇中的"荼"字诗可视作茶诗。今日之茶，也属性甘味苦。明代顾炎武说荼字自中唐始作茶，春秋之际至中唐之前，"荼"字也可作"茶"字解。至于"荼"、"茶"二字"一横"之别，只能是圣人仓颉造字时，可能还未发现茶这样的植物。至唐时才有人去其"一横"，依着巴蜀口音读之为"ca"，延续至今。遗憾的是还不知道唐时的这位高人是谁。

以茶藉诗，茶入诗生两翼，浮沉自然，茶由形而下走向形而上，充满激情浪漫之意。以诗荣茶，诗敷茶上，诗越发充实坦然，言之有物，吟、咏、诵、赞，更是怡然无穷。饮茶品诗，吟诗品茶，两情相悦，声情并茂，和雅比兴，入画成章。

诗随茶走，种茶、采茶、做茶、卖茶，汗水、辛苦、劳累、饥寒之间忙碌时，诗表达出了茶的快乐、幸福、哀伤、愁闷和成就之感。茶随诗出，抑扬顿挫间呈现出青山绿水，鸟语花香，牧歌与晚霞，才子与佳人，布衣与市井……茶包含了诗的纯绵甘甜，生津润色，有通畅淋漓之感。

茶在诗中，诗为茶意。我问茶"何来贵贱高下，名目繁多"？茶说"清、雅、淡、和、俭于诗。"我拿茶写诗，以诗喻茶，基于触景生情，品鉴感悟之；上山涉水，走南闯北，进村入户之；传说故事，梦幻憧憬，读文识字之；茶艺、展览与同情、怜悯之。那些研发、栽培者，采茶、种茶、做茶、卖茶人，在竞争、扩张时的忧愤、伤感后的喜悦，及新茶上市、自己偶得佳品的愉悦之情，皆用诗来表达胸臆，时常梦里有诗半夜而录。当然，柿叶、山参叶、腊梅叶、枇杷花、茵陈草、茉莉和菊等草本植物或木本植物，既能入药，又可为茶的也都以诗赋予之。至此茶已引申于更广的范畴。但凡能成汤日常饮用，且具保健作用的，也都可入诗吟诵，张其美意、扬其境界。我以为这是人对自然敬仰的升华。

经过茶诗的日积月累，认识渐深，境界似乎趋高，欲望肯定是渐退的，以茶练诗，以诗美茶，自愿传播。诗，在陕西茶人联谊会会长韩星海老师的殷切推荐下，多被《茶叶信息》《茶讯》《中华合作时报茶周刊》《文汇报》《农业考古》等境内外报刊杂志登载转发，也多现网络，深感鞭策和启发，时常喜悦激动，渐生自信定力。实为苦中有甜，心底悠然，心境敞亮。

我已年近花甲，读书不多，孤陋寡闻。对诗有意而为，却诗意不浓，能得文化大家商子雍、商子秦、韩星海等诸位老师的认可与赏识，甚为幸事。尤为致谢的是子雍、子秦两位兄长拨冗为诗集作序。还有汉平、王昱两位好友的大力帮助，以及西安电子科技大学出版社和省新闻出版广电局的支持，在此一并衷心感谢。还望各位茶亲和广大读者批评指正。

王国龙

丙申四月十五于西安